クラスで
2番目に可愛い
女の子
友だ
たかた

✦天海夕 ―― あまみ ゆう
誰もが認めるクラスNo.1美少女。
海とは小学校からの親友。
「風邪だって聞いたから、お見舞いに来たよ」
「その、ちょっと心配になったというか」
✦朝凪海 ―― あさなぎ うみ
成績優秀で人当たりもよく、
男子からは『クラスで2番目に
可愛い女の子』と呼ばれている。

✦新田新奈――にったにな
海や夕と良く行動している。友達思いだが、友達とそうでない人との対応の差が激しい。
「委員長ってば、マジで顔ヘロヘロになってんじゃん」
「海、あの、これは……」
✦前原真樹――まえはらまき
転校続きで友だちの作り方を知らぬまま高校生になるも、趣味が合う海と意気投合。晴れて恋人同士になった。

✦ みんなで初詣！

「えと……真樹、どう？」
「……うん。やっぱり思った通りだ」
想像していた以上に、青い花の髪飾りは
海の黒髪にしっかりと馴染んでいた。
飾りがそれほど大きいものではないので
存在感は控えめだが、海本人の華やかさを
しっかりと際立たせているように思える。
「き、綺麗……だよ。海」
「……へへ、ありがとう、真樹。
これ、ずっと大切にするから」
HAPPY BIRTHDAY
Shark

ニナ

なるほど、ここが二人の愛の巣ってわけか

Asanagi

招待されて初っ端何を言ってんのアンタは

あまみ

もう、ニナちってば。ここが二人愛の巣だったら、私のことはどうなるの？

お邪魔虫……いや、やっぱり愛じ……

ぶっとばすぞこら

Maehara

皆が賑やかでなによりです

よ、委員長。こっちのほうでもよろしく

どうも

ここでは大したやり取りしないし、ご自由にどうぞ

そうだよ。海、くれぐれもイチャイチャは二人きりのお部屋でね？

そ、そんなのわかってるし

なるほど、つまりここは仮の……そう、休憩所ってことね

なんか言い方がひっかかるんだよなあ……

？　どういうこと？

ねえ海、ニナち、なんかヘンなこと言ったかな？

……夕はまだ知らなくていいから

？？？？

クラスで2番目に可愛い女の子と友だちになった3

たかた

角川スニーカー文庫

23483

I became friends
with the second cutest girl
in the class.

目次

design work ✦ AFTERGLOW

illustration ✦ 日向あずり

プロローグ

クリスマスイブの夜、俺と海《うみ》は晴れて恋人同士になった。

お互いの気持ちが双方向だったのは、これまでのこともあったから何となくはわかっていたけれど、自分の想《おも》いを『好きだ』の一言に乗せた時、内心は『もし断られたらどうしよう』という不安もわずかながらあった。

だから、俺の告白を受けた海が、涙を浮かべて嬉《うれ》しそうに微笑《ほほえ》んでくれた時、まず初めに来たのは安堵《あんど》だった。嬉しい気持ちもその後すぐに追いかけてきたけれど、

——よかった。俺、これからも海の隣にいていいんだ。

というのが、率直な感情だった。

「は～、食べた食べた。もうどこにも胃の隙間残ってないよ～」

「俺も……頑張ったけど、さすがにちょっとは残っちゃったな」

「まあ、それはまた明日以降に、ってことで」

「だな」

グラスに残っていたコーラを飲み干して、俺たちは座っていたソファの背もたれにだらりと体を預ける。

コーラやピザ、ポテトといった俺たちにとってはお馴染《なじ》みのジャンクフードに加えて、パーティで残ったチキンレッグやオードブルなど、自分たちの好きなものだけでお腹《なか》を満たし。

そして、すぐそばには同じ時間を共にし、寄り添ってくれる恋人がいる。

友だちではなく、誰よりも大切な恋人が。

「……海」

「……真樹《まき》」

どちらからともなく、俺と海は互いの体をそっと抱き寄せる。

これまでの俺たちなら、海が帰る時間までゲームをやったり、映画やマンガなどを鑑賞してゴロゴロダラダラと過ごすわけだが、今はなんとなく、そんな気分にはなれなかった。

パーティの裏方仕事が意外にも大変だったことや、両親とのことで感情があっちこっちと忙しかったことによる疲れももちろんあるが、一番の理由は、ただ目の前の彼女といちゃいちゃしたいという単純なものだった。

「ふふっ、真樹ってば、相変わらずお腹ぷにぷにだね」

「そういう海こそ……って思ったけど、つまめるところないから何も言い返せない」

「そりゃ見えないところで頑張ってますから。……と言いつつ、実はほんのちょっと体重は増えてるんですけどね。ほら、ここらへんとか触ってみ。二の腕のとこ」

袖をまくった海が、綺麗《きれい》な白い二の腕をすっと差し出してくる。

「……えっと、いいの？」

「いいよ。ちょっとくすぐったいけど、真樹にだけなら」

「それは……その、恋人、だから？」

「……そういうこと」

「それじゃあ、失礼します」

差し出された海の二の腕を軽くつまむと、確かにぷにぷにとした感触がある……ような気がする。

とてもすべすべで肌触りがよく、細いけど意外と筋肉もしっかりついていて……悪いところは何一つ思い浮かばない。

「……イマイチよくわからんけど」

「もう、真樹ってば修行不足だぞ。体重とぜい肉の増加は、女の子にとっては頭の痛い問題なんだから。ちなみに『こっちのほうがぷにぷにしてて俺は好き』っていうのもあまりいい答えじゃないからね。ここテストに出るから」

「どこのテストだよ……あ、『わたし大学』とかって言うのは当然無しで」

「……え〜っと、」

「図星だった」

今の俺ではまともな点数は取れそうにないので、この辺については徐々に学んでいければと思う。

海が納得してくれる答えを出すには、まだまだ時間がかかりそうだ。

そうして他愛《たあい》のないお喋《しゃべ》りをし、お互いにいつもよりスキンシップ多めで二人きりのイブの時間を過ごす。

楽しく、とても幸せな時間。

「ねえ、真樹」

「うん？」

「……もうすぐ出なきゃいけない時間だね」

「……うん」

時間は0時をもうすぐ迎えようかというところ。遅めの夕ご飯を食べ終わった時は、まだまだ夜はこれからだと思っていたが、長かったクリスマスイブの一日も、気付けばあっという間に俺たちのもとからいなくなろうとしている。

「……う〜っ」

そう言って、海は俺の胸に顔を埋《うず》めて甘えてくる。

帰りたくない。まだ、もう少しだけ好きな人の側《そば》にいたい。

予《あらかじ》め空《そら》さんと約束していた門限は迫っていても、お互いの体を鎖でがちがちに縛り付けられているかのように、俺と海はくっついたままだ。

お腹もいっぱい、部屋は暖かくて、そばには好きな人のぬくもり。

疲労感と満腹感と幸福感で、このまま何も考えず二人で一緒に寝たい——そうすれば、きっと明日もいい朝を迎えることができるだろう。

朝起きたら、すぐそばに海の穏やかな笑顔とぬくもりがあって、お互いの匂いに包まれながら、今日から冬休みだからと二人で昼過ぎまで二度寝する。

それが出来たら、どれだけいいだろうと思う。

「……海、そろそろ帰らなきゃ」

「う～……うん」

しかし、以前に朝帰りというやらかしをやってしまった俺たちだから、そういうわけにもいかない。今日は年に何度とない特別な日の一つではあるけれど、こういう時こそしっかりと約束を守って、空さんや母さんの信頼を取り戻していかなければならない。

「真樹、だっこ」

「急に精神年齢激下がりでくるじゃん……別にいいけど」

「えへへ、ありがと」

抱きかかえた状態で海のことを立たせ、帰る準備をする。テーブルの上はまだ片付いていないものの、残った食べ物はすでに冷蔵庫の中なので、それはまた明日やればいい。しばらくの間、俺たち学生は冬休みなのだ。なので、少々だらしないぐらいは許して欲しいところ。

一緒に玄関を出て、手を繋《つな》いでエレベーターで一階のエントランスへ。

夜中ということもあり、外の空気はひんやりと冷たいが、今はどうしてか、そこまで寒いとは感じない。

「真樹、お見送り、今日はここまででいいよ」

「いいの？　この時間だからさすがに人通りはないと思うけど……でも、心配だし」

「平気だよ。もし変なヒトがいたらすぐに逃げるし、事故にも気を付けて帰るから。今回は気持ちだけで十分」

「そういうことなら……」

確かに俺がいても、走力は海のほうが断然上だし、そういう意味ではいなくてもいいかもしれないが。

「……ふふ。もう、そんなあからさまに寂しい顔しないの。真樹と帰るのが嫌とか面倒になったわけじゃなくて、ちょっと一人で帰りたいだけだから。今日だけ、特別に」

「今日だけ……って、どっか寄り道するとか？」

「ううん、そうじゃなくて。……ちょっと一人の夜道で喜びを噛《か》みしめたいなって……その、好きな人と両想いの恋人になれたことを」

「……なるほど」

それなら俺も、ちょうど同じ思いだ。

今は海の前だから、大好きな人の前だから、格好つけてなんとか平静を装っているけれど、内心では飛びあがりたいほどの嬉しさを噛みしめている。

一緒にいていつも楽しくて、側にいないと寂しくて、格好悪い姿を見せても優しく包み込んでくれて、それでいてとても可愛《かわい》いしっかり者で、時々俺の前ではびっくりするくらい甘えん坊の女の子。

そんな海と気持ちが通じ合って、こうして恋人になって、ものすごく嬉しい。

感情を抑えきれず、一人ベッドでじたばたしたり、意味もなくその場でぴょんぴょんと飛び跳ねてみたり——そんな一人の時間が、俺にも海にもちょっとだけ必要なのだ。

「わかった。じゃあ、今日のお見送りはここまでってことで。でも、ちゃんと気を付けて帰れよ」

「うん。真樹も、ちゃんとお風呂に入ってあったかくして寝なね。この後特に冷え込むみたいだし」

「了解。それじゃあ……また明日、ってことで」

「うん。もちろん、明後日《あさって》も、明々後日《しあさって》もね」

「……かな」

そう。さっきも言った通り、明日から冬休みなので、会おうと思えば、しばらくは毎日だって会える。

いつもの週末だから、ちょっと用事があるから、と、もう海と会うのにいちいち理由を作らなくていい。

会いたいから、声を聞きたいから、寂しいから。大した理由がなくても、海と頻繁にやりとりしたって一向に構わない。

だって、俺と海はもう恋人同士なのだから。

最後に翌日までのお互いの成分を補充するため、数分かけてじっくりと抱きしめ合ってから俺たちはそれぞれの自宅へと戻った。

「……へへ」

一人になった瞬間、口からそんな呟《つぶや》きが漏れる。

海が俺の彼女になってくれた――その事実に、顔のにやけがどうしても抑えられない。

嬉しいやら小恥ずかしいやらで、なんだか頭がぽーっとする。

「海にも言われたし、後はお風呂に入ってゆっくり休もう」

また明日、ということなので、海がいつ来てもいいようにしておかないと。

湯船の中で今日あったことを嚙みしめつつ、24日（正確には日付変わって25日だが）の深夜の時間を一人過ごした。

明日もきっとまた、海と一緒に楽しい時間を過ごせることを願って。


……そうして、夜が明けて25日のクリスマス。

冬休み初日で、通学の面倒くささから解放され、さあ今日からだらだらして過ごすぞ——と朝起きた直後は思っていたのだが。

「——あ、れ……？」

目を覚ました直後、俺はすぐに異変に気付く。

起きた瞬間にまず感じたのは、とんでもない寒気と関節の痛み。昨日風呂から上がった直後、海から言われた通りすぐにベッドに入り、海もたまに使っている毛布と布団にくるまって暖かくして寝たはずなのだが。

「か……体が、だるい」

とりあえず水を飲もうとキッチンへ向かおうとするのだが、ベッドから起き上がり、少し歩くだけでも相当きつい。

この時点ですでに嫌な予感はしていたが、ひとまず水を飲んで一息ついてから、再び体を引きずって体温計を手に取って、現在の体温を測ることに。

頭痛や喉の痛み、咳《せき》などの症状はないものの、おそらくまず間違いなく風邪か何かだろう。

10秒ほどで体温を測り終え、未《いま》だぼんやりとしている視界の中、目を凝らしてデジタル表示された数字を見る。

【39・6】

「……うわあ」

どうやら昨日、風呂場で頭がぼーっとしたのはただ嬉《うれ》しかったのではなく、『体調を崩しているからさっさと薬飲んで寝ろ』という俺の体からのサインだったらしい。

1. 『恋人』との年末年始

とにかく体調を崩してしまったのなら安静にしておくしかないと、家にあった解熱剤を飲んだ俺は、ゆっくりと時間をかけてベッドに戻り横になった。

「……まあでも、昨日まで逆に良くもったほうか」

ぼーっとした思考の中で十二月に入ってからのことを順に辿《たど》っていくと、これまでとは較《くら》べものにならないぐらい、色々なことがあった。

おそらくきっかけとなったのは両親の件で、そのことで悩みつつも、学生として普段通りの生活をしようと心がけ、海《うみ》との恋人関係や、天海《あまみ》さんや望《のぞむ》、新田《にった》さんといった人たちとの付き合いも頑張って。

精神的にも、また、それに引っ張られるようにして肉体的にも負担がかかっていたから、昨日全てに一区切りがついたことで、今まで張りつめていた緊張の糸が切れ、これまで蓄積していたものが一気に襲い掛かってきたのだろう。

どれも長い人生で考えればきっといい思い出で、特に、両親と一緒に写真に写ってくれた皆との出会いは、俺にとってかけがえのないものになったとはいえ、さすがにこの一か月で色々なことが起こり過ぎた。

普段そういうのに慣れていない人間がその波に必死に抗《あらが》おうものなら、きっと誰だってこんなふうになってしまう。

昨夜、空《そら》さんと飲み歩いていたであろう母さんはすでに、

『今日から復帰戦です（ちゅっ♡）』

という書き置きを残して元気に出社している。一応、今日の体温についてメッセージを送ったが、いつ家に帰ってきてくれるかはわからない。

食べ物や飲み物などの備蓄については、昨日のパーティのために事前に色々と買い込んでいたためしばらくは大丈夫そうだが……この状態が二日三日続くと、さすがに心配になってくる。

ともかく、早いうちに症状が軽くなってくれればいいのだが。

「あ、そうだ。海にも、連絡しておかないと――」

母さんへの報告の後、すぐさま海にもメッセージを飛ばすことに。

明日、明後日、明々後日と冬休みはほぼ毎日のように会って遊ぶことを約束していたが、その予定は、また別の機会に持ち越しである。

しばらく海と会えないのはとても寂しいが、もしこの高熱が風邪によるものであれば、

大事な彼女である海にうつすわけにはいかない。

とにかく、布団に引きこもって、じっと耐えて体力が回復するのを待つのみだ。


『(前原《まえはら》) 海、ごめん』

『(朝凪《あさなぎ》) おはよ、真樹《まき》』

『(朝凪) どしたの？ 何かあった？』

『(前原) 昨日の約束の件だけど、ちょっと体調崩しちゃって……また今度にして欲しいっていうか』

『(朝凪) もしかして、風邪とか？』

『(前原) うん。そのまさか』

『(前原) 熱が39度6分かな。出ちゃって』

『(朝凪) t』

『(前原) 海？』

『(朝凪) ごめんちょいてがすべった』

『(朝凪) じゃなくてすごいねつ』

『(朝凪) つらいよねすぐそっちいくからね』

『(前原) え、いやそれは』

海に連絡をとらなければいけなかった時点で、多分こうなるだろうなと思っていたものの、文面を見る限り予想以上に動揺しているらしい。

……やっぱり、いきなり高熱があることを言ったのがいけなかったか。

彼女に余計な心配をかけてしまった。

『(前原)　ダメだって。気持ちは嬉しいけど、それじゃうつしちゃうかもしれないし』

『(朝凪)　でも真樹、今は一人でしょ？　真咲《まさき》おばさんも今日から職場復帰だってウチの母さんから聞いたし、それじゃ安静に出来ないよ。病院にだって行けないし』

『(朝凪)　言っておくけど、ここら辺は歩いていける距離に病院ないからね』

『(前原)　うぐ』

俺たちの住む地域はそれなりに田舎ということもあり、土日祝日でも診察してくれる総合内科のような医院に行くには、車か公共交通機関を使わなければならない。

なので、家の薬である程度体調を落ち着かせてから、病院へ行こうと思っていたのだが。

『(朝凪)　迷惑をかけたくないっていう真樹の気持ちはわかるよ』

『(朝凪) でも、病院も年末年始はお休みのところ多いから、そんなに悠長に構えてられないし、これからひどくなる可能性だってあるんだから』

『(朝凪) だから、やっぱり今すぐ真樹のところ行くから』

『(朝凪) で、すぐにでも病院に連れていく』

『(前原) ……む』


そこまで言われてしまうと、俺としても白旗をあげるしかない。

病気への対応で言うと海に従うほうが正しいだろうし、長い間この街に住んでいる朝凪家のほうが、いい病院を知っているだろう。

海に迷惑を掛けたくないが、あまり頑《かたく》なに突っぱねるのもよくないか。

俺だって、もし海の立場だったら、たとえ風邪をもらったとしても、大切な人の側《そば》にいて安心させてあげたいから。


『(前原) ……ごめん、海』

『(前原) また俺、海に甘えちゃって』

『(朝凪) いいよ。ここまで来たんだから、真樹が元気になるまでとことんお世話焼いてあげる』

『(朝凪) ま、この前のアフターサービスってことで』

『(前原) お、お世話になります』

先日、海の部屋で朝まで慰めてもらったにもかかわらず、今度はわざわざ家に来てもらって看病してもらうなんて。

……彼女に格好《かっこ》いいところを見せるのは、まだまだ先の話になりそうだ。

看病をお願いして十数分後、どうやら支度が終わったようで海から着信が来る。

「……はい」

『っ……真樹、大丈夫？』

「だいじょぶ……って言いたいとこだけど、きついかもしれない」

『もう、真樹ったら、やっぱり強がって。そっちのほうがよっぽど心配なんだから、そういう時はちゃんと素直に報告すること。いい？』

「了解です……」

『ふふ、よろしい』

俺の声を聴いてひとまず安心したのか、電話口の向こう側で穏やかな声で言う。

メッセージでも安否の確認はできるが、やはりこういう時はしっかりと自分の声を聞かせた方がいいのかもしれない。

『今マンションの玄関にいるから、すぐにそっち行くね』

「わかった。じゃあ、今すぐカギを――」

『あ、ダメダメ。真樹はそのままベッドで安静にしておくこと、動いちゃダメ』

「え？　でも……」

『大丈夫大丈夫。鍵、ちゃんと持ってるから』

「……え？」

鍵を、持ってる？

ウチの？　なんで？

いまいち意味がわからず混乱していると、海の言った通り、玄関のほうからガチャリ、と鍵が解錠される音が聞こえてきた。

その後、すぐさま俺の部屋を覗《のぞ》き込む、二つの顔が。

「えへへ、真樹、おはよ」

「あらら、見るからに辛《つら》そうなお顔。お熱、大分ありそうね」

「海……と、空さんまで」

「おはよう、真樹君。娘のお供でお節介を焼きに来ました」

看病に来てくれたのは、海と、それから海の母親である空さんの二人。

心強いのは確かだが、まさか空さんまで来てくれるとは。

「真樹、今すぐ病院行って先生にちゃんと診てもらお。お母さんが車で連れてってくれるって。保険証は財布の中にあるよね？」

「うん多分……その前に、どうして俺の家の鍵を」

海の手の中で光っているのは、確かにウチの自宅の鍵だ。

前原家の自宅の鍵は三つあり、一つは俺、もう一つは母さん、そしてもう一つはどちらかが失《な》くした場合の予備として母さんの部屋に保管されていたはずだが……まさか。

「もしかして、母さんから合鍵もらった？」

「うん。昨日お母さんが真咲おばさんと飲みに行ったときに。だよね？」

「ええ。『息子のことをこれからもよろしくお願いします』って、海宛てに。初めはどうしようかなって思ったけど、娘の大切な彼氏だからいいかなって」

「やっぱり……」

しっかり者の海と空さんなら信用できるし、生活面で割とずぼらな母さんが管理するよりは余程いいかなとは思うが。

今のところ、普段は空さんが管理し、必要に応じて海に持たせるそうだ。

……主に、こうなった時のために。

「真樹君、服は着替えなくていいから、上だけしっかり着るように。海、そこの椅子にかかってるダウン持ってきて」

「はーい」

空さんの指示で手際よく支度させられた俺は、二人の肩を借りつつ朝凪家の車に乗り込んで、そのまま朝凪家かかりつけの病院へ。

聞くところによると、自家用車で二十分ほどの距離。近くに電車駅はなく、そちら方面へのバスは一日一時間ペースだそう。やはり、海の選択は正解だったようだ。

熱も、朝測った時よりもわずかだが上がっている。

「お母さん、今日はお客さんでしかも病人さんを乗せてるんだから、くれぐれも安全運転でね」

「あら、私はいつだって安全運転ですけど？　真樹君の前で、あんまり誤解を与えるようなこと言っちゃダメよ。うふふ」

「…………」

運転席で笑う空さんの顔が、なんだか今はとても怖く見えるような。


『(前原)　海』

『(朝凪)　いや、あのね？』

『(朝凪)　普段は大丈夫なの、お母さん。いつも乗ってるから、運転は上手《うま》いし』

『(朝凪) でも、その、ちょっとスピードが出過ぎたり、マナーの悪い車を見つけるとよくないっていうか』
『(前原) 性格がちょっと変わる、みたいな？』
『(朝凪) うん。ちょっとね、毒が出るというか』
『(前原) わかった。じゃあ、大人しくしておく』

空さんに気づかれないようにチャットでやり取りして、後部座席のシートベルトをしっかりと締める。

乗せてもらうだけでもありがたいので何も言うつもりはないが……ひとまず何事もないよう秘《ひそ》かに願っておこう。

「――うん、風邪ですね。熱があるのと、喉もちょっと腫れてるみたいなんで、解熱と喉の炎症を抑える点滴しますから。薬も出しておくので、ご自宅に戻ったら暖かくして、しばらく安静にしておいてください」

午前中の中途半端な時間ということもあり、特に何事もなく病院へ到着した俺は、診察後、三十分ほどベッドの上に寝かされて点滴治療を受けることに。血液検査の結果次第ではまた来てもらうこともあるかもしれないが、今のところは安静にしていれば大丈夫だそうだ。

「真樹、こっち」

処置室から出ると、すぐさま海が俺に寄り添って体を支えてくれる。正直なところ治療のおかげで多少動く分には問題ないのだが、それだけ海が俺の体を気遣ってくれているので、今のところは素直に甘えて体を預けておく。

「真樹君、どうだった?」

「検査結果次第ですけど、多分ただの風邪だろうって言ってました。他に目立った症状もないですし、三日もすれば熱も落ち着くと」

「そう、よかった……」

空さんも心配してくれていたのか、俺の報告を聞いて、ほっと胸を撫《な》でおろしている。娘の彼氏とはいえ、空さんにとっては他人でしかないのに……ここまでしてくれて本当に感謝しかない。

「さっき真咲さんには私のほうから連絡しておいたから。お礼とかそういうのは気にせず、後はゆっくり休んでちょうだいね」

「はい。ありがとうございます」

「ふふ、どういたしまして。さ、お薬もらったし、早い所帰りましょうか」

診察代と薬の代金は一旦立て替えてもらい、再び空さん運転の車で俺の自宅へ。

行きの時は俺の体調が悪いこともあって車内の雰囲気も張りつめていたものの、今は海も空さんも和やかだ。

「ねえ海、真樹君、大事にならなそうでよかったわね？」

「！　なっ、なんでそこで私に振ってくるのさ」

「あら、海ってば忘れたの？　真樹が真樹が～って、朝っぱらから血相変えて私のこと叩《たた》き起こして。さっき待合室にいたときも、ずっとそわそわしてたし」

「っ……それは、だって、しょうがないじゃん……」

そう言って海は顔を赤くして俯《うつむ》くが、隣に座っている俺の手は決して放そうとしない。

「昨日まで全然元気だったのに、朝起きたらすごい熱で、声も元気なくて、顔見たらすごく辛そうにしてて……せっかく、その、こいびと……に、なれたのに、これでもう会えなくなっちゃったらどうしようって」

「海……」

表向きはしっかりしていても、実は誰よりも臆病で心配性な海だから、辛そうに肩で息をしていた俺を見て、ついネガティブなことを考えすぎてしまったのだろう。

「ごめんな、海。大したことなかったのに、変に心配かけて」

「……真樹のばか。今度勝手に体調崩したら、ぜったい、ぜったいに許さないんだから」

「体調ってわりと勝手に崩れるものなんだけどなあ……」

とはいえ、今後は必要以上に無理をせず、誰かのためでなく、自分のこともきちんと労《いた》わって日々を過ごすよう気をつけないと。

海にはいつだって、安心して俺の隣で笑っていて欲しいから。

その後も海から『はいお水、ちゃんと水分とって』やら『汗かいてない？　拭いてあげる』やらと、運転席の空さんも思わず苦笑いするほどの世話を焼かれて、朝凪家へとたどり着いた。

聞くと、陸《りく》さんのほうは相変わらず在宅中だそうだが、大地《だいち》さんは仕事で年末年始は帰ってこれないとのこと。

「海、私は今から買い出しに行ってくるから、真樹君のことよろしくね。客間の和室に来客用のお布団があるから、そこに寝かせて。……お部屋に連れ込んじゃダメよ？」

「もう、そんなことしないしっ。真樹、お母さんの話は無視して、ほら、上がって上がって」

「あ、はいお邪魔します……って」

「？　なに、どうかした」

「いや、それはこっちが訊《き》きたいんだけど」

帰り道の景色が行きとまったく違っていたのでおかしいなと思っていたが、俺が車から降ろされたのは自宅の前ではなく、朝凪家の前だった。

直前までは、先に海を朝凪家で降ろして、その後、俺の家に向かってくれるのかなと勘違いしていたが……空さんは買い出しのために一人でさっさと行ってしまい、俺も海と二人残されてしまった。

「あのさ、海」

「なあに？」

「俺、これからしばらくは安静にしておかないとなんだけど」

「うん、そうだね。ちゃんと食べて、お薬も飲んで、あったかくしてしっかり寝なきゃ」

「だから、家に帰らないと」

「それはダメ」

「なんで？」

朝凪家にお呼ばれするのは構わないのだが、今俺は風邪を引いているので、それどころではないような。

「……あのさ、もしかして、俺って治るまで朝凪家に滞在する感じ？」

「真咲おばさんからはちゃんと許可はもらってるよ？　そうするように提案したのは私たちだけど」

「俺の許可がないんだよなあ……」

一旦海たちから離れて、俺は母さんに連絡を取ることに。普段はかけても気づかれないことも多いが、今日はすぐに出た。

『もしもし真樹？　元気？』

『元気じゃない。……それより、外泊の件なんだけど」

『ああ、その話。言っておくけど、初めは私だってやんわりと遠慮したわよ？　仕事は忙しいけど、子供の面倒ぐらいは見れるからって。……結局は海ちゃんの説得に負けちゃいましたけど』

「そっか。で、海はなんて？」

『それは内緒。……まあ、少なくとも仕事終わりでヘトヘトの私が看《み》るより、しっかり者の海ちゃんが看病してくれたほうが真樹にとっても安全安心かなって。あ、それともやっぱりママがお世話したほうがいい？　久しぶりに甘えてくれても全然いいのよ？』

「それは……絶対にイヤです」

『あら残念』

ふと俺のことを甘やかす母さんの姿が浮かび、俺は言いようのない寒気を覚える。

海に甘えるのはともかく、高校生にもなって母さんに甘えるのは心理的に抵抗がある。

『ともかく、私も時間が出来たら様子は見に行ってあげるから、無理せず海ちゃんのところでお世話になること。後のことは、私と空さんでちゃんと話しておくから』

「そういうことなら……まあ、わかったけど」

『ふふ、ありがと。……ごめんね、真樹。こんなお母さんで』

「いいよ、別に。じゃあ、もう切るから」

『あら、そっけない』

用件は済んだので、母さんとの通話を早々に打ち切り、俺はすぐに海のもとへ。

「お帰り。じゃ、行こっか」

「うん……ごめん、親子共々ご迷惑を」

「もう、またそんな申し訳なさそうな顔して。確かに真樹の身の回りのお世話は大変なのはわかるけど、でも、このまま真樹のこと一人で置いておくほうがよほど心配だし。一応聞くけど、今の体調でご飯とか作れる？　お洗濯は？　掃除は？　お風呂の準備は出来る？」

「それは……難しいけど」

洗濯や掃除は後で母さんにやってもらうにしても、やはり問題は食事だろう。

安静にする、というのは、ただベッドで寝るだけでなく、少量でもきちんとした食事をとり、不健康な生活サイクルにならないよう努めることも含まれるので、今の俺の生活環境と健康状態だとなかなか厳しいのは確かだ。

それについては火を見るよりも明らかなので、空さんも海も、なら朝凪家で看病したほうがいいかという結論に至ったのだろうが。

「真樹のことだからどうせまた私たちに迷惑がかかるからって思ってるんだろうけど、こうやって病院にまで連れて行ったんだから、それなら最後までしっかりお世話焼かせてよ。私にとっても、それに、お母さんだって、真樹のことはもう『ただの知り合い』じゃないんだから」

「う……」

そう言われてしまうと、俺のほうも弱い。

先日の食事会で悩みを打ち明けたこともあり、俺は海だけでなく、大地さんや空さんなど、朝凪家全体からも受け入れられつつある。朝帰りの時は俺と海の我儘《わがまま》をしっかりと咎《とが》めた上で許してくれ、大地さんには、家庭の事情の悩みまで聞いて、アドバイスしてもらって。

まるで自分たちの家族のように、俺のことを扱ってくれる。

……しかし、それでもまだ、海や空さんの優しさに甘えるのに、ほんのわずか躊躇《ちゅうちょ》してしまっている自分がいて。

「真樹、もしかして、まだなんか面倒くさいこと考えてる？」

「……やっぱりわかる？」

「そりゃね。なんてったって、私は真樹の彼女なんですから。……ほら、おいで？」

そう言って、周りの目も気にせず、海が俺のことを包み込むように抱きしめてくれる。

あの日の夜、子供みたいに泣きじゃくる俺のことを慰めたように。

……やっぱり、海はずるい。

こんなふうにされてしまうと、遠慮も気遣いもなく、あっという間に本音がぽろぽろと零《こぼ》れ落ちてしまうから。

「俺は別に、そんな大した人間じゃないんだよ。高校生にもなってヘタレだし、ちょっとしたことですぐ体調崩すし、迷惑ばっかりかけてさ」

今はまだ良くても、いずれは愛想をつかされてしまうかもしれない。

人によっては、俺のことを思いやりのある優しい子だと言ってくれる。もちろん、それが俺の数少ない良い所でもあるのだろうが、それはあくまで一面でしかなく、その裏にはただ『嫌われたくない』という思いが隠れている。

「……悪い。体調が悪いから、気分もついついネガティブな方に引っ張られてるみたいだ」

「ふふ、みたいだね。まったく、真樹ってばしょうがないんだから」

そう言いつつも、海は俺の頭を優しく撫で続けてくれる。

嫌われたくないけど甘えたい。甘えたいけど嫌われたくもない——そんな俺の面倒くさい感情を全て受け入れてくれるように。

「とにかく、今はしっかりと私たちに看病されること。しっかりと栄養と睡眠をとって、心も体も落ち着いたら、その時にまたちゃんとお話は聞いてあげるからさ」

「……うん、ありがとう海。じゃあ、改めてお邪魔します」

「はい。いらっしゃい、真樹」

こうして、ひとまず全てを海に預けることにした俺は、客間の和室に敷かれたふかふかの布団に寝かせられて、海や空さんからの看病を一身に受けることになった。

朝凪家での療養生活の始まりである。


体調が比較的良くなるまで朝凪家に滞在させてもらうことになった俺だったが、それはいいとして、いくつか懸念していることがある。

まずは着替え。病院の先生によると、熱が完全に下がるまでには二、三日は要するだろうとのことなので、その間はこうしてこの場所で看病を受けることになる。

となると、今着ている寝間着でずっと過ごすわけにもいかない。今の時点ですでにかなり汗をかいていて気持ち悪いし、できればすぐに替えの服に着替えたいわけだが、着の身着のまま病院に連れていかれたので、今のところは我慢している現状だ。

一応、後で空さんか海にとりに行ってもらう選択肢もあるにはあるけれど……不用心すぎだとは思うが、かといってわざわざ新しいものを買ってもらうわけにも——。

そんなことを考えていると、和室の襖《ふすま》から海がひょこっと顔を出してくる。

「真樹、替えの下着とか部屋着とか持ってきたから、お母さんが帰ってくる前に着替えだけ済ませちゃおっか。そろそろお昼ご飯だけど、食べれそう？」

「あんまり食欲はないけど……ところで今持ってる着替えって誰の？」

「ん？　あ、これは兄貴の。アイツ、背は高いけど瘦せてるから、サイズは意外と小さかったりするし。もちろんちゃんと清潔にしてるから安心して」

「陸さんの……ともかくありがとう、海」

受け取ってサイズを確認すると、陸さんは普段Ｌサイズを使っているようで、これなら俺でも問題ないだろう。普段はＭサイズなので下着などは多少ダボっとしてしまうかもしれないが、まあ、布団で寝るだけなので、清潔なだけでも十分有難い。

「真樹、体のだるさは大丈夫？　着替え、難しいなら手伝ってあげよっか？」

「そ、それは自分でやるから」

「……下も？」

「下もっ。というか、下はなおさら自分でやるから」

「本当に〜？　なんて、えへへ、冗談だよ冗談。ごめんね。じゃあ、私は氷枕の準備とかするから、その間にさっさと着替えちゃって」

自分の目が届く場所に俺がいてひとまず安心したのか、海はいつもの調子で悪戯《いたずら》っぽい笑みを浮かべて襖をゆっくりと閉める。

まったく、大したことないとはいえ病人をおちょくるなんて……まあ、海にされるのは、嫌いではない、というか、むしろ好きだったりするのだが。

着替えを提供してくれた陸さんに感謝し、海がこちらに戻ってくる前にさっさと着替えて、後は言われた通り布団に横になる。

他人の家で寝るなんて今までは考えられないことだったが、不思議と朝凪家は落ち着く。

……海の匂いがするからだろうか。

「お待たせ……お、ちゃんとしっかり横になってるじゃん。言いつけを守れて偉いぞ。ごほうびになでなでしてあげよう」

「む……ったく、ここぞとばかりに俺のことを子供扱いして」

「そんなこと言っても、真樹はまだ子供だし。まあ、私もなんだけど。……ほら、枕入れるからちょっと頭上げて」

首元には氷枕と、そしておでこには冷水で絞ったタオルで、熱でぼーっとした頭全体を外から冷やしていく。病院での治療のおかげで体のだるさや悪寒などはほぼなくなったが、熱自体はまだまだ高いようだ。

「私は隣のリビングにいるから、何かあったり、してほしいことがあったら呼んで。トイレとか、着替えとか、なんでもいいから」

「うん。ありがとう、海」

「どういたしまして。水、ここに置いておくから……おやすみ、真樹」

海は俺の頬《ほお》に愛《いと》おしそうに触れた後、ゆっくりと立ち上がって、部屋から出ていった。

「おやすみ、海」

隣から微《かす》かにテレビの音などの生活音が耳に入ってくる中、俺はゆっくりと目を閉じる。

これまでは体調を崩しても一人だったので、こんなふうに高熱を出して寝込んでいると、ふとした瞬間に不安になったり、静かな空気が逆にイヤになったりして落ち着かないこともあるのだが、こうして海がすぐ隣にいることがわかると、安心した気持ちになる。

「……とりあえず、今は寝るか」

海や空さん、そして着替えを提供してくれた陸さんへの感謝やお礼は後から考えればいいことで、今はとにかく体調の回復に努めることだ。

そうやって、また海と二人きりで、俺の自宅でだらだらと遊ぶ。

「……すぅ、すぅ」

ゆっくりと呼吸し、少しずつ意識を落としていく。まだ熱があるので呼吸自体は荒いものの、病院でもらった薬が効いてくれれば、それも落ち着いていくだろう。

しかし、眠りにつくまであともう少しというところで、ふと、ことん、という音が耳に入ってきた。

「んぅ……？」

それまでの生活音とは違う物音にぴくりと反応した俺は、ぼんやりと瞼《まぶた》をあける。

音のしたほうへとゆっくりと首を動かすと、そこにはわずかに開けられた襖の隙間から、じっと俺の様子を心配そうな顔で覗《のぞ》き込む可愛《かわい》い彼女がいて。

「う、み……？」

「！　ご、ごめん。ちゃんと寝てるかなって心配になっちゃって……」

「そっか。俺は大丈夫だから、海もゆっくりしてて」

「う、うん。じゃあ、そうさせてもらうね」

ばつが悪そうに笑って元の場所に戻っていった海だが、心配性で寂《さみ》しがり屋《や》の海の性格を考えると、なんとなくまた同じように俺の様子を確認しそうな気がする。

なので、襖が閉まった後も、試しにそのままじっと見つめていると。

5分ほどして、再びそろ～、と海が顔を出してきた。

「「…………」」

お互いの視線がぱちりと合って、無言の空気が流れる。

「……え～っと」

「海、あの、」

「だ、だって！　真樹のことが心配なんだもん、しょうがないじゃんっ」

　そう言って観念した海は、汗を拭くためのタオルやスポーツドリンクなどを小脇に抱えて部屋に入ってくる。

　そこまでしてもらう必要はないと思うのだが、どうやらつきっきりで看病する気満々のようだ。

「放っておきたくないんだもん……真樹がきつそうにしてるのに、私だけ一人でゆっくりなんてできない」

「でも、風邪、うつっちゃうかもよ」

「そうだけど……それでも、側《そば》にいなきゃ落ち着かないんだもん……」

　とてもわがままな彼女だが、そういうところも全て可愛いと思っている俺としては、なかなか断りづらい。

「わかった。まあ、ここでしばらくお世話になる時点で完全に避けられるわけでもないし……それなら海にいっぱい看病してもらおうかな」

「うん、そっちのがいいよ。真樹だって、私が側にいたほうが嬉《うれ》しいだろうし、元気だって出るだろうから治りだってきっと早くなるって」

「それはどうかな……でも、病は気からとも言うし、もしかしたらそうなってくれるかも」

　実際、診断としてはストレスが一因とも言われているし、それなら海にしっかりと甘えて癒《いや》してもらってもいいだろう、なんて思ったりしてしまって。

……俺、海には大甘だ。

「ふふん、ようやく真樹もわかってくれたか……なんて、ありがとね、真樹。私のわがまま、いっぱい聞いてくれて」

「そんなことないよ。むしろ俺のためにここまでしてくれて、こっちがお礼言いたいくらいだ。それに正直、ちょっと心細かったし」

「じゃあ、寂しがり屋の真樹君のために、今日はできるだけずっと一緒にいてあげるね」

「うん。頼んだ」

「えへへ。じゃあ、とりあえず手でも繋《つな》いでおく？　寝てるときも寂しくないように」

「……そうしよっかな」

お互いがお互いに甘えるようにして、俺と海はしっかりと指を絡ませ合う。

「真樹、まだ熱いね」

「うん。だから、海の手でいっぱい冷やして欲しい」

「甘えんぼさんだなあ、真樹は」

「まあ……海の前だけならいいかなって」

「だね。いいよ、今だけはいっぱい甘えて。ここにいる間は、私、真樹のことといっぱいいっぱい甘やかしちゃうから」

俺の側に寄り添うようにして座り、海は俺の手を握ったまま、空《あ》いたほうの手で俺の顔をまた優しく撫《な》でてくれる。

こうされるの、俺、もしかしたら大好きかもしれない。

「……それじゃ、海、おやすみ」

「うん。今度こそおやすみ」

手に残る海の体温と匂いを感じながら、すっかり安心した俺はぐっすりと眠りについたのだった。


海がずっと側にいてくれたこともあり、熱にうなされることもなくそのまま夕方を過ぎても眠り続けて、途中、一度も起きることなく夜を迎えた。

「……冷たい」

おでこに置かれたタオルを手に取ると、ちょうど入れ替えてくれたばかりなのか、まだしっとり、ひんやりとしている。

薄暗い部屋の中、体をゆっくりと起こす。寝る直前よりも大分意識がクリアになっているので、熱のほうも少しは下がっているだろうか。

枕元に置いてあったスマホを見ると、時刻は夜９時。確かここで寝かせられたのが午前11時だったので、ざっと十時間は寝ていたことになる。

本当に、泥のように眠っていたようだ。

やってた」

「――あ、真樹、起きた？　ごめんね、お風呂に入ってたから、ちょっとだけ部屋あけちゃってた」

スウェット姿の海が、空いていた襖の間からするりと体を入れてくる。上がりたてのようで、まだ少し髪が濡《ぬ》れているようだ。

洗いたての髪からふわりとシャンプーの甘い匂いがして、内心、少しだけドキリとする。

「そっか。……え、もしかして、俺が爆睡してた間もずっと側にいてくれたの？」

「うん。途中でご飯食べたりとかお手洗い行ったりでちょこちょこ席は外してたけど、基本は真樹が寝る前と同じだったかな」

そうして、俺の側に寄ってきた海が、きゅっと手を握りしめて、俺の体温を確認するように優しく額にもう片方の手を当ててくる。同時に体温計でも正確な数値を確認。

「……よしっ、昼に較《くら》べたら大分下がってるね。真樹、お腹《なか》すいてない？　もう夜遅いけど、少しぐらいはお腹に入れなきゃ。お粥《かゆ》でいい？」

「うん。それぐらいなら食べられると……って、もしかして海が作るの？」

「そりゃまあ……って、なにその顔？　なんか文句あんの？　ん？」

「いや、もちろん海が作ってくれるのは嬉しいんだけど……でもほら、海、料理あんまり得意じゃないみたいだから」

この目ではっきりと見たことはないが、放っておくとチョコクッキーの材料から木炭を錬成する（天海さん情報）らしいので、お米とお水という単純な材料のお粥といえど、過度な信用は禁物である。

「大丈夫。作り方はちゃんとお母さんに教えてもらったし、危なそうならちゃんと手伝ってもらうから。私の変なプライドで、真樹のこと振り回したくないし」

「そ、そう？　なら、いいけど」

空さんの教えをきっちりと守ってくれるのであれば、海がやっても大きな問題はないと思うが……最初から最後まで一人で用意するとなると、多少の『おこげ』ぐらいは覚悟しておいたほうがいいのかもしれない。

少なくとも、せっかくの彼女の手料理を食べないという選択肢は、俺にはないのだから。

ということで、海に遅めの夕食をお願いしている間に、俺の方はお手洗いを先に済ませておく。今日はひとまず風呂には入らず着替えのみで済ませるが、明日以降はタオルで体を拭いたり、さらに体調が良くなれば湯船に浸からせてもらうことになるかもしれない。

彼女の家のお風呂……果たして、ゆったりと浸かることはできるだろうか。

「……まあ、それはまた後で考えればいいか。それよりも今はトイレ……」

それなりにこみ上げる尿意を我慢しつつ、リビングを出てすぐのトイレのドアノブへ手を掛けようとした瞬間、ドアがひとりでにぱっと開く。

というか、先に入っていた人がいて。

「──あ」

「おっ……」

タイミング悪く（いや、良く？）ちょうど鉢合わせたのは陸さんだった。今日は以前初めて会った時とは違い、きちんとした部屋着を着ているものの、ぼさっとした長髪のほうは相変わらずだった。

不愛想に見えるけど、優しそうなところも。

「あ、陸さん、どうも……」

「お、おう。ああ、母さんにはちゃんと話聞いてるから。……災難だな、色々と」

「いえ、この前は、その、ご心配をおかけしてすいませんでした」

「いや、俺は別に……それよりほら、次。使うんだろう？」

「あ、はい。すいません」

お互いに不器用なやりとりもそこそこに、陸さんにぺこりと頭を下げた後、トイレに入って静かに用を足す。

しばらく滞在させてもらうので、陸さんの迷惑にならないかどうかも不安要素の一つだったが……本人はああ言ってくれたものの、気を遣わせているのには違いないので、あまり迷惑のないよう振る舞わなければ。

──あ、アニキ、今料理してるんだから近寄らないで、気が散るっ。

——ったく、ちょっと飲み物取りにきただけ……あっつっ⁉　このアホ、お玉をこっちに……ちょっと腕にかかっただろうが。

——こら、二人ともうるさくしないの。

「……相変わらず賑《にぎ》やかだなあ」

リビングから聞こえてくる親子三人のやり取りを聞いて、俺はひとりくすくすと笑いをこぼす。

自分もいつかはあの輪の中に自然に入っていければいいな、と思う。

家族三人のわちゃわちゃが終わり、妹への文句をぶつくさとこぼしながら自分の部屋へと戻っていく陸さんの足音を確認してから、俺はこっそりと客間に戻り、海の手料理が運ばれてくるのを待つ。

簡単なメニューとはいえ出来栄えが心配だが、リビングから漂ってくる匂いにおかしいところはないので、その点は安心できそうだ。

「——お待たせ、真樹。作ってきたよ」

「ありがとう、海。これ、梅がゆ？」

「うん。白がゆだとちょっと味気なさすぎるかなって、最後に入れてみた。ちょっと多めに作ったから、二人で一緒に食べよ」

一人用の小さな土鍋に入ったとろとろのお粥と、その中心にちょこんと添えられた赤い梅干し……味はまだこれからだが、見栄えで言うとちゃんと美味《おい》しそうだ。

「真樹、はい」

多分やってくるだろうなとは思ったが、小さなスプーンでお粥をすくった海は、それをそのまま俺の口に差し出してきた。

「あの、海さん、」

「あ、ごめん、ふーふーしてなかったね。ふう、ふう……はい、どうぞ」

「いや、そういうことじゃなくて」

「はい」

「……むう」

にっこりと笑ったまま『あーんさせろ』とばかりに圧力をかけてくる海と、そして、そんな様子を遠くから眺めている空さん。

ここまで至れり尽くせりだとさすがに恐縮だし恥ずかしいけれど、今の二人には逆らえないので大人しくしておく。

「あ……むっ」

「よし、えらいぞ真樹。熱くない？　舌、大丈夫だよね？」

「うん……あ、これ美味《おい》しい」

一番の心配の味だが、特に文句のつけようもなく普通に美味しかった。ほんのりと塩味

く。

のきいたお粥と、やさしい梅干しの酸味が上手く混ざり合って、口全体に染みわたってい
今日は朝から飲み物以外ほとんど口に入れておらず、それなりに空腹だったこともスパイスになってくれたとは思うが、それを抜きにしても、個人的には十分満足のいく出来栄えだと思う。

量は少し多めだが、これならすんなり食べてしまいそうだ。

「そう？　えへへ、よかった。まあ、お母さんがつきっきりだったから、自分一人で作ったとはとても言えないんだけど」

「でも、海だってちゃんと最初から最後まで頑張ったんだろ？　それなら、ちゃんと海の手料理だよ」

「そっか。そうだよね。……もう一口いる？」

「うん、お願いしようかな」

「ん、どうぞ」

そこからゆっくり、時間をかけて海にお粥を食べさせてもらう。

高熱で胃腸が弱り気味なこともあり、さすがに少し残してしまったものの、これだけ食べることができれば初日としては十分だろう。

……もちろん、明日以降は『あーん』なしで。

食事を終えた後は病院で出された薬をしっかりと飲んで、また朝までしっかりと寝て回復に努める。体調を崩した時は、とにかく横になって余計なことをしないことが大事だ。

「ん、しょっ……んしょっ、っと。うん、これでよしと」

「海、何してるの？」

「ん～？　ちょっとね～」

食後、寝る時間までしばらく和室の天井をぼーっと眺めていると、海が押し入れの奥をなにやらごそごそとしている。

様子をしばらく見ていると、敷布団、羽毛布団に枕と、着実にもう一人分の寝床が完成しつつあって。

「……もしかして、海もここで寝るの？」

「うん。今日はずっとそばにいてあげるって約束したんだから、それなら当然一緒に寝るよねってことで。あ、お母さんも『今日だけなら特別にいいよ』って言ってくれたから」

つまり、俺がこれから何を言っても、もう海は梃子《てこ》でも動かない、と。しかも、あっという間に布団の中に潜り込んでしまったので、今の俺の体調では元気いっぱいの海をどうしようもできない。

そう広くない客間に、二人分の布団がぴったりとおさまって。

「真樹、明かり消すね」

「うん。おやすみ」

「おやすみ」

海がリモコンで照明を消して、室内が真っ暗になる。空さんのほうもすでに二階の寝室に行ってしまっているので、今、一階にいるのは俺と海の二人だけだ。

これで海と一緒に寝るのは二度目だが、この前といい今日といい、どうしてこういつも心身のどちらかが不調な時なのだろう。

まあ、俺がもし健康な状態だとしたら、そもそもこうして一緒に寝ること自体、空さんに却下されてしまうのだろうが。

寝る前にお喋《しゃべ》りするのも、じゃれ合うのも、今の体調ではちょっと難しい。

「…………」

おやすみと言った手前、大人しくまぶたを閉じた俺だったが、先程まで長時間寝ていたこともあり、目が冴《さ》えて全然眠くならない。普段、こういう場合だと、いったん起き、次に眠くなるまで本を読んだり、深夜ラジオなどを聞いたりして過ごすのだが、隣で海が寝ているのでそういうわけにもいかない。

海のことが気になって、彼女のいるほうへ、こっそりと寝返りをうってみる。

少し前まで、最適なポジションを探すために布団の中でごそごそとしていたのは知っていたが、すでに眠りについているのか、規則正しい寝息が聞こえてくるだけだ。

こっそりと薄目にしてみると、ちょうど俺のほうへ向いて目を閉じている海の寝姿が。

やっぱり寝顔も可愛《かわい》いな、と改めて思う。いつものようにだらしなく涎《よだれ》を口元から垂らす表情もいいけれど、今のような穏やかな寝顔だと、より海の容貌が際立って優れていることを改めて感じさせてくれる。

「……うみ」

小さく、誰にも聞こえないであろうか細い呟《つぶや》きで、恋人の名前を呼ぶ。

さほど体も丈夫でなく、慌ただしい年の瀬だというのに迷惑をかけてしまう俺のことを、それでも誰より心配し、大切に想《おも》ってくれて。

「好き……だよ、海」

素直な思いを俺はこっそりと口にした。海みたいな可愛い恋人ができたのも未《いま》だに信じられないが、それ以上に、こんな歯の浮くようなセリフを躊躇《ためら》いもなく言ってしまうとは。

今までずっとひとりぼっちで殻に閉じこもり、人とのコミュニケーションを避けていた人間が、たった一人の女の子との出会いで、ここまで心境にポジティブなものが生まれようとは。

……恋愛は、本当に何があるかわからないものである。もちろん、俺が思った以上に単純だったのもあるだろうけど。

おもむろに、海の綺麗《きれい》な寝顔に向かって手を伸ばしてみる。

海に、触れていたい。

別に邪《よこしま》な何かがあるとかそういうわけではないが、少しでも気持ちを伝えたくなって。

しかし、もう少しで指先が海の頬《ほお》に届こうかというところで、俺はゆっくりと自分の布団の中に手を戻していく。

「……やっぱり、明日にしようかな」

急に触っても海なら怒りはしないだろうが、ぐっすり寝ているところを起こしてしまうのも悪い。特に、海には朝からずっと心配をかけてばかりなので、せめてゆっくりと寝かせてあげないと。

海に甘えるのはまた明日にして、俺もさっさと寝てしまおう——可愛い彼女の寝顔を視界に入れたまま、ゆっくりと瞼《まぶた》を閉じようとしていると。

「——触らなくても、いいの？」

「えっ」

瞬間、それまで眠っていたはずの海の瞳がぱっちりと開かれた。

正直、ちょっとびっくりしてしまった。

「海、あの、もしかして、起きてた？」

「……んふふ」

どうやらそうらしい。つまり寝たふりをしていたということだが……ということは。

海の顔に触れようとしたことも、そして、さきほどの恥ずかしいセリフも、全部聞かれていたことに……なるような、ならないような。

「真樹ぃ」

「……………なんすか」

「さっきのヤツ、もう一回言って欲しいなあ～？」

「うぐ……」

ばっちり聞かれていたことが確定して、頬がみるみるうちに熱を帯びていく。

これはきっと熱のせい、と苦しい言い訳をしたところで、海のことだからなかったことにはしてくれないだろう。

海が好きなのは本当だし、もっと甘えたいのは事実だが、とはいえものすごく恥ずかしいことには変わりなくて。

「いいじゃん、別に。さっきみたいにこっそり言ってくれれば、お母さんにもアニキにもバレっこないんだし」

「まあ、そうだけどさ」

「ね？　だからお願い。言ってくれたら、私の顔、好きなだけ触ってくれていいから」

「いや、さっきのはなんていうか、深夜テンションでそんな気分になっただけで、今は別にもう――」

「ね？　だからお願い。言ってくれたら、私の顔、好きなだけ触ってくれていいから」

「壊れたスピーカーか」

気まぐれに口に出してみた言葉だったが、海はとてもお気に召した様子で、しきりにもう一度欲しいとせがんでくる。

そこまでお願いされると多少はやってもいいかなと思うが……病人のくせして、こんな深夜に俺は、いや、俺と海は何をやっているのだろう。

少し体を動かすだけでも億劫《おっくう》な状態だったはずなのに、海とこうしてじゃれ合う時だけは、何もかも忘れて夢中になって。

もしかしたら、俺と海は相当お互いのことを好き合っているらしい。

周りの人たちは俺たちのことをバカップルだなんだと呼んでいるけれど、なるほど、こういうことがそうか。

「……じゃあ、俺が言ったらちゃんと寝てくれる？」

「うん、寝る寝る。で、明日も元気に真樹のお世話、いっぱい焼いちゃうんだ」

「しょうがないなあ……」

早く早くとせがむ海のほうに体を寄せて、俺は海の頬に触れた。

まだ全体的に火照った体に、海の体温が気持ちいい。

「真樹、まだちょっと熱いね」

「うん。だから、申し訳ないけど、あともう少しだけ甘えさせてほしい」

「ん、いいよ。ご飯も、お風呂も、全部この私に任せておきなさい」

「えっと……お風呂はいいかな」

「え～」

「え～じゃない」

　このままこうして夜を明かしたいところだが、さすがにそろそろ寝ないと明日に響くので、適当なところで切り上げて、脱線しそうになった話を元に戻すことに。

　海だけに聞こえるように体をさらに海の方へ寄せ、先程と同じく、恥ずかしがらずに感情をまっすぐに乗せて。

「――好きだよ、海」

「……私も、真樹のことが大好き」


「「――おやすみ」」

　そうして、俺たちはお互いの存在を手で、頬で感じながら、穏やかな気持ちで25日のクリスマスの夜を終えたのだった。

朝凪家での療養生活二日目。

ぼんやりと目を開けると、すぐ目の前に海の顔があった。

「あ、おきた」

「うん……おはよう、海」

「おはよ。真樹、昨日と較《くら》べて大分顔色良くなったね。この様子だと、お薬が大分効いてくれたみたい」

海が俺の頬や額をぺたぺたと触って、安心したように頷《うなず》いている。一応確認のために熱を測ってみると、現在は38度ジャストといったところ。顔全体はまだ火照っていて、全体的な体のだるさはあるものの、体を動かすこと自体に問題はなさそうだ。

「海、もしかして俺が起きるまでずっと待っててくれたの?」

「まあ……あ、でも真樹のかわいい寝顔ぼーっと見てたらすぐだったし、それも一時間くらいだから」

「一時間……」

俺の感覚だと結構な時間ではあるが、今はまだ朝の8時を過ぎたところなので、海的にはちょっと二度寝した程度だろうか。

普段だと一時間の二度寝は一発アウトで遅刻だが、冬休み中なら夕方までぼーっとしたとしてもなにも問題はない。

俺もそうだが、今はゆっくりとした時間を過ごせばいいのだ。

「なあ、海」

「ん～？　なあに？」

「あのさ、もうちょっとだけ……手、握っててていい？」

「……ふふ、いいよ」

寝ている間もずっと握っていた手に力を籠《こ》めると、海が嬉《うれ》しそうな顔できゅっと握り返してくれる。

夜寝る前に海がいて、こうして朝を迎えた時にも、目の前で俺の目覚めを待っててくれる。

体調は依然として良くないままではあるけれど、ほんのちょっとだけ、もう少しこのままでいたいと思ったり。

それから三十分ほど手を繋《つな》いだまま二人でゴロゴロして満足した後、俺と海はリビングで空さんの用意してくれた朝食を食べることに。

風邪で胃腸がまだ万全でない俺は昨日と同じくお粥《かゆ》だが、こんがりと焼けたトーストからの香ばしいバターの匂いや、テーブルの上に並べられたフルーツを見てお腹《なか》がぐうとなったので、食欲のほうも回復しつつある。

お粥と、それから消化のいい果物を少しお腹に入れて、俺は再び自分の寝床へと戻って安静に努める。

またしばらくぼーっと部屋の天井や照明を眺めるだけの時間に戻るわけだが、今日も海がずっと隣にいてくれるので、退屈に感じることはないはずだ。

と、そんなことを考えていたところで、部屋着に着替えるために自室へ戻っていた海がひょこっと顔を出す。

……とても申し訳なさそうな顔で俺を見て。

「あのね……真樹、ほんっとうに、ごめんなんだけど」

「どうかした？　なんか部屋着にしては随分お洒落《しゃれ》だけど……」

「うん……これ」

部屋着に着替えるにはやけに時間がかかっていたし、着ている服も随分可愛らしいものだったが、その理由は、海が見せてくれたスマホのディスプレイに映し出されたある人からのメッセージに。

『(あまみ)　海、今日は予定通り、11時前に駅前集合ね。ニナちのお家の都合で今年三人で遊べるの最後だから、買い物したり、おいしいもの食べたり、いっぱい遊ぼうねっ』

「ああ、なるほど……ならしょうがないか」

しっかりと服装を決めている時点で察してはいたが、今日の予定は以前より天海さんたちとの先約があったらしい。

俺も海も、お互いの気持ちが通じ合ったことでついつい舞い上がっていたが、現実的に考えればそう毎日のように約束を作るわけにはいかない。

友人関係だって、良好な生活を送るために大事にしておかなければならないものの一つなのだから。

「俺のことはいいから、心配せずに行ってきなよ。前からずっと約束してたわけだし、すっぽかすのは良くないよ」

「うん。だから、私も出来るだけ夕《ゆう》に付き合ってあげようとは思ってるんだけど……」

「けど、やっぱり俺のことが気になる、とか？」

「……ん」

こくり、と海が頷く。

「昨日よりも体調は良くなってるみたいだし、そこの心配はもちろんしてないよ？　でも、強引に真樹のこと家に泊めて、安静にして寝てろって言ってるのに、それをほったらかして自分は友達と遊び回って……なんて、やっぱりちょっと悪い気がして」

本来は、勝手に風邪を引いて寝込んで、余計な心配を掛けさせた俺だけが悪いはずなのだが、海は海で半ば強制的に家に泊まらせたことを気にしていたらしい。

確かに、俺のことを朝凪家にとっての『お客様』として扱うとすると、それをほっぽり出して別の用事へと出かけてしまうわけだから、そう考えると海が躊躇《ちゅうちょ》する理由もわかる気はするが。

「大丈夫。昨日つきっきりで看病してくれただけでもありがたいのに、これ以上海のことを独り占めなんかできないよ。……まあ、出来れば、その、恋人になりたてなわけだから、そういう欲がないわけじゃないし、今日も海とずっと一緒にいれるんだって思って、正直嬉しくて仕方なかったんだけど。でも、俺のわがままで、海の約束を蔑《ないがし》ろにさせるのは、やっぱり嫌だからさ」

俺がお願いすれば、きっと海は今からでも二人に連絡をとって、事情を説明して約束をキャンセルしてくれるだろうし、事情を話せば、天海さんや新田さんもわかってくれる……というか、むしろ天海さんあたりだと『絶対にそっち優先しなきゃ』ぐらいは言ってくれるだろう。

しかし、そうは言っても、天海さんだって大好きな親友である海とめいっぱい遊べることを楽しみにしていたはずで、理由はあるとはいえ、きっととても残念がるはずだ。

俺はまだ後一日、二日は朝凪家で寝泊まりするだろうから、仮に日中一緒にいなくても、夕方になって、海が家に戻ってくればそこからはずっと一緒にいられる。晩御飯、夜、そして寝る前……海のことだから、多分、何かと理由をつけて、今日の夜も俺の隣に布団を敷いて一緒に寝ることになるだろう。なので、二人の時間はたっぷりとある。

しかし、天海さんや新田さんはそういうわけにはいかない。二人の家の事情についてはわからないことが多いものの、同じように門限があり、帰りを待つご両親他家族の人たちがいる。家族で出かけたり、やらなければならない用事もあるだろう。

友達と会える時間は、意外にも少ない——だからこそ、予定が合えばできるだけ大事にして欲しいと思う。

海にも、そして天海さんや新田さんにも。

「だから、いっそのこと思いっきりパーッと遊んできなよ。そんで、帰ってきたら、今日のこと、話せる範囲でいいから色々話して欲しい」

「……ん、わかった。真樹がそう言うんだったら、久しぶりに思いっきり遊んでくる。あと、イブのことも、ちゃんと伝えてお礼言いたいしね」

それもそうだった。

もし一昨日《おととい》、あのままいつもの五人で俺の家でパーティとなっていたら、あの夜、皆のことを気にして甘い雰囲気にはならなかったろうし、告白も、そして、その後のキスだって来年に持ち越す可能性もあったかもしれないのだ。

天海さんたちの中では、俺たちはすでにバカップル認定されてしまっている節があるけれど、正式にお付き合いを始めたのがイブの夜からだから、そのお膳立てのお礼と報告はできるだけ早めにしておかなければ。

「じゃあ、そろそろ出る時間だから、行ってくるね。真樹、私がいないからって、ゲームばっかりしちゃダメだよ」

「お母さんか。……うん、海の言いつけどおり、帰ってくるまでちゃんと寝てるよ」

「トイレもダメだよ？」

「どんな罰ゲームだよ」

「えへへ。あ、もし具合が悪くなったとか、熱が上がって辛《つら》い時は遠慮せずに連絡していいからね。すぐに戻ってきてあげるから」

「了解。それじゃ、行ってらっしゃい」

「うんっ、行ってきます」

出かける前にほんの少しだけじゃれ合って満足したのか、海は軽い足取りで天海さんたちとの待ち合わせ場所へと向かって行った。

海のことを見送って、彼女の足音が聞こえなくなってから、俺はゆっくりと布団の中へと潜り込む。

俺がお世話になっているこの布団だが、かなり寝心地がいい。海によると、最近は出番がなく押し入れにずっと眠っていたらしいが、それにしては敷布団も羽毛布団もふわふわとした手ざわりで、まるで干したてのようだ。

おそらくは空さんが定期的に手入れをしていつでも綺麗《きれい》な状態で使えるようにしてくれているのだろう。つい万年床になりがちな前原家のベッドとは大違いだ。

家に帰ったら、久しぶりに家のクローゼットの奥に眠っている布団乾燥機を引っ張り出そうと秘《ひそ》かに決意していると、コンコン、と和室の襖《ふすま》を叩《たた》く音が。

「――真樹君、和室のお掃除したいんだけど、今、大丈夫かしら？」

「空さん……あ、はい。どうぞお構いなく」

「ふふ、それじゃあ失礼させてもらうわね」

俺に一言聞いてから、空さんが静かに部屋の中に入ってくる。エプロンに、口元にはマスクと、それからゴム手袋に窓拭き用の洗剤……なかなかの重装備だが、そういえば、時期的に大掃除であることを思い出す。

改めて、そんな時に限って和室を占有して申し訳ない気持ちでいっぱいだ。

空気の入れ替えのために窓を開けて、畳へ掃除機をかけ、和室に飾ってある置物と、それから、その隣にある小さな観音開きの箱（おそらくお仏壇）を丁寧に拭く。

「……真樹君、本当にありがとうね」

「え？」

「娘のこと。あんなに喜怒哀楽いっぱいな娘の顔を見るなんて、本当に久しぶりのことだったから」

庭の見える大きな窓を洗剤で磨きながら、空さんが俺へぽつりと言う。

俺に背中を向けているので表情は正確にはわからないけれど、ぴかぴかに磨かれて鏡のような光沢を放つ透明な窓ガラスには、空さんの嬉しそうな顔が浮かんでいて。

「あの子ね、小さい頃はわりとやんちゃだったのよ。遅くまで友達のことを連れまわして、それで私やお父さんに怒られてわんわん泣いて、十歳も上のお兄ちゃんともよくケンカして……それはそれで大変だったけど、それでも楽しかった。あ、知ってる？　今はほとんど目立たないけど、あの子、おでこの生え際のところに、ちょっと大きめの傷痕があるの。小さいころにテーブルの角に思いっきりぶつけて血がぴゅーって。あの時は、さすがに肝が冷えちゃって」

「はは……海にもそんな時代があったんですね」

「そうなのよ……って、ごめんなさいね。寝てなきゃいけないのに、おばさん、いっぱいお喋《しゃべ》りしちゃって」

「いえ、ただ横になってるより、こうして空さんのお話を聞いてるほうが楽しいですから」

ともかく、話だけ聞くと、かなりのやんちゃっぷりである。

ちなみに当時の俺はというと、記憶に残る限りではゲームや本、時々カードなどで、そのころからすでにインドア派の片鱗《へんりん》を見せ始めていた。

ということで、幼いころから割と正反対の俺と海なわけだが……中学時代の話は、以前、海が話してくれた通りで、現在は元気に俺とバカップルをやっている。

「あなたのことを話すときの海って、すごく可愛《かわい》いのよ。ウチの中でちょっと話題に出るだけで嬉《うれ》しそうな顔するし、仲をからかったら顔を真っ赤にして怒るくせして満更でもない顔して……ああ、やっぱり海はいつまで経《た》っても海なんだなって」

学校ではほとんど見せないけれど、本来の海は、表情・感情ともにとても豊かな女の子だ。

いつもは大人びた態度でも、心を許した人にはわがままだって言うし、寂しい時は好きな人にとことん甘えて。独占欲が強くてやきもち焼きの、本当は誰よりも可愛い女の子。

それが朝凪海という女の子なのだ。

「だからね、真樹君。ものすごく勝手なお願いになっちゃうんだけど、これからも海のことを支えてやってほしいの。なんでもそつなくこなしちゃう子だけど、その分、余計な心配とか悩みを抱えちゃうみたいだから」

強いようで意外に打たれ弱い海だけれど、隣で誰かがしっかりと支えてあげれば、それを芯にして誰よりも強くなる。

そして、現状、その海が支えとして頼りにしているのは、恋人である俺一人なのだ。

「はい、もちろんです。友達としても恋人としても歴は浅いですけど、それでも、その、海のことを想《おも》う気持ちは誰にも負けないつもりですから」

「それは、私たちよりも？」

「えっと……すいません、そこはさすがにちょっと負けるかもしれないです。勢いでつい盛ってしまいました」

親子の愛には及ばないかもしれないが、友達として、恋人としてなら、誰にも負けないつもりだ。

それがたとえ、親友である天海さんが相手でも。

「ふふ、別に格好《かっこ》いいこと言ってもいいのに、真樹君は変なところで正直者なのね。まあ、だからこそ、海も、私たち家族も、あなたのことを放っておけないんだろうけど」

「やっぱり、空さんもそう思いますか？」

「そうね。根はまっすぐで優しいんだけど、どことなく危なっかしくて、私たちが面倒みてあげなきゃってなっちゃう。この前もそうだし、今の状況なんかまさにそう」

「……反省してます」

特に朝凪家の人たちには、先日の食事会で大いに迷惑をかけてしまったので、海のことを支える俺自身も、もっと精神的に強くならなければ。

……あともちろん、肉体的にも。お腹《なか》も腕も、どこを触ってもぷにぷにだ。太ってはいないのだが、あまりに肉体が貧弱すぎる。

「とりあえずは、まずこの風邪を治すところからですね」

「そういうこと。さ、おばさんとのお喋りで気を遣うのはもういいから、後はゆっくり看病されて、早く元気になること。良くなったら、お祝いに美味《おい》しいものいっぱい食べましょうね。今度は途中で抜けることがないように……ね？」

「……そうですね」

海のためにも、そして、海のことを近くで見守ってくれている人たちを安心させるためにも。

風邪をひいてしまったのは災難だったが、可愛い可愛い恋人ができて浮ついた心を引き締めるにはちょうどよかったのかもしれない。

和室の掃除が終わり、新鮮な空気へと入れ替わったら、後はもうひたすら体を暖かくして横になるしかない。

先程、病院から空さんのスマホへと連絡が入ってきたところによると、血液検査では特に異常は見られないので、再度受診に来てもらう必要はないだろうとのこと。年末年始ということもあり薬は普段より多めの日数分を処方してもらっているから、それを飲み切るまでには、体調もなんとかなっていることだろう。

お昼は引き続き消化に良いものをということで、空さんに作ってもらったうどんを。市販の粉末スープではなく、きちんと出汁《だし》をひいて作られたもので、味も塩分控えめの薄味で、体にも優しい。

……さすがは朝凪家の食卓を守る主婦といったところか。料理は俺もやるので、こういうところはとても参考になる。

「真樹君、食後のデザートにゼリー持ってきたんだけど……あ、もうどんなくなっちゃったのね」

「はい。すごく優しい味で食べやすくて……ごちそうさまでした」

「お粗末様。それじゃあゼリーと食後のお薬も置いておくから、終わったらそのままにしておいて——って、あら？」

器をさげ、後は俺の今日の分の着替え等身の回りの準備をしていると、何か聞こえたのか、空さんが玄関のほうへと顔を向け、首を傾《かし》げている。

「あら、あの子ったら、夕方までは帰ってこないって言ってたのに……」

「？　海、帰ってきたんですか？」

「そうみたい。あと、お客さんも連れてきちゃったみたいで」

「それって……」

その直後、玄関のほうから騒がしい声が聞こえてきて。


——た、ただいま。

――お邪魔しま～すっ。ふえ～、海のお家、本当に久しぶりだな～。あ、そうだ、真樹君はどこのお部屋にいるの？　もしかして海のお部屋だったり？

――え？　マジ？　付き合い始めて早々自分の部屋に彼氏連れ込んで泊めさせるとか、朝凪も意外に肉食系なんじゃん。

――ち、ちがうっ！　客間でお母さんと一緒に面倒見てあげてるだけだからっ。

声でわかったが、どうやら天海さんや新田さんも一緒らしい。

空気を読んでか、空さんがくすくすと笑って部屋から一足早く退出すると、ちょうど入れ替わる形で、もう一つの入口である扉から、仲良し女子三人組が入ってきた。

「えへへ～。真樹君、こんにちは～。風邪だって聞いたから、お見舞いに来たよ。はいこれ、水分補給用のスポーツドリンクと、あとは食欲がない時用のゼリー飲料に、後は汗拭きシート。アイスの方は先に冷蔵庫に入れさせてもらったから、後で一緒に食べようね？」

「ウケる。委員長ってば、マジで顔ヘロヘロになってんじゃん。この分だと明日には干からびちゃうんじゃない？」

「これでも大分マシになってきたほうだから……とりあえず、こんにちは。天海さん、新田さん」

「うん。一昨日ぶりだね」

「うっす〜」

親友の天海さんはともかく、新田さんもすでに何度か朝凪家には訪れているようで、隅っこに置いていたテーブルを俺のすぐ近くまで寄せて、そちらのほうに俺のために用意してくれた物資等を置き始める。

で、家主側の海はというと、俺の側《そば》で二人の様子を眺めつつ、ため息をついていた。

「海、あの、これは……」

「……お昼ご飯までは外出先で普通に楽しく遊んでたの。でも、次のカラオケに行ったあたりで、私がしきりにスマホを気にしてたのを問い詰められちゃって。昨日の真樹の血液検査の結果をずっと待ってたんだけど、お昼過ぎてもお母さんから中々連絡こなかったから、その、ちょっと心配になったというか」

それで、様子がおかしいことに気づいた二人の追及に折れて、俺が昨日から朝凪家にお世話になっていることや、風邪で高熱を出して寝込んでいることなどを吐かされてしまったと。

俺と海が晴れて正真正銘のカップルになったことは、それ以前に報告済みだ。

「んふふ、朝会った時から『なんか様子がおかしいかも?』なんて思ってたけど、海ってば、昨日からずっと真樹君のことつきっきりで看病してるって言うんだもん。大好きな彼氏君のことを心配する海、すっごく可愛かったな〜。ね、ニナち?」

「それな。お昼だって私たちといる時は鬼のように食べるのに、今日はずっと小食で上の空だったし。だ〜い好きな男の子が布団で今も辛《つら》い思いしてるのに自分だけパクパク食べてなんてられな〜いって感じですか？　海ちゃん、いくら何でも健気《けなげ》すぎか」

「ぐっ……アンタたち、母さんと真樹の目があるからって……」

「まあまあ、ええじゃないか海さんや〜。あ、そうだ。せっかくお二人さんが一緒にいるんだし、イブの夜のこと色々聞いちゃおうよ」

「夕ちん、それナイス。さっき海が恥ずかしがったせいで聞けなかった分は、正直者の委員長から聞かせてもらえばいいし……なっ、委員長」

「……まあ、お手柔らかにお願いします」

二人とも俺たちのことを祝福しているゆえのテンションで、俺としても賑《にぎ》やかなのは嫌いではないが、まだ一応病人なので、無理のない範囲で、そして、発言の内容に関しては逐一海に確認する形で進めていければと思う。

「海、夕ちゃん、新奈《にいな》ちゃん、お喋りするのはいいけど、なるべくボリュームは小さくね。私は賑やかなの大好きだけど、真樹君のためになるべく静かにしておいてあげなきゃ」

「「は〜い」」

「……そんなのわかってるってば」

インタビューがあまり白熱することのないよう空さんに釘《くぎ》を刺してもらってから、俺は二人に断って、横になって話をさせてもらうことに。

独りぼっちで日中を過ごすことになると思いきや、気付けば俺の布団の周りをクラスメイト女の子三人（うち彼女一人）が取り囲んでいて。

「真樹、そこのおバカさん二人のことは気にしないで、ゆっくり寝てていいから」

「む〜、海ったらひどいんだ〜。あ、真樹君、喉渇いてない？　ほら、水分補給は大事だよ？　ちなみに昨日は一緒に寝たりした？」

「委員長、一昨日《おととい》、なんて言って海に告ったん？　ってか、もうヤった？」

……女の子三人が集まった時の上手《うま》いあしらい方も、今後は学んでいく必要がありそうだ。

そう思いつつ、俺は逃げるようにして布団の中に潜り込んだ。


朝凪家での療養生活のうち、初日と二日目は慌ただしいことこの上なかったものの、それ以降は来客もなく、海と一緒に静かに過ごすことも出来た。

症状の方は、二日目以降は日によって上がったり下がったりという状況が数日続いたものの、それでもゆっくりと下がっていき。

「海、どう？」

「ん～……ちょっと待ってね～……」

朝、すでに海の中で日課となりつつある俺の体温チェックだが、それも今日でようやく終わりを迎えることができそうだ。

海の献身的な看病のおかげで、体調はもう完全に元に戻っていた。

もちろん、海に風邪がうつって今度は俺がお世話を……なんていう逆パターンもない。

「うん、よしっ。昨日の夜と変わらず平熱のまま。この様子なら薬はもう必要なさそうでよかった」

風邪をひいた当初は40度近い高熱に苦しんだものの、幸いにもそれ以外の症状はほぼなかったので、そこまで辛いとは感じなかった。

ただ、さすがに一週間も朝凪家にお世話になるとは思わなかったけれど。

本日は12月31日、大晦日《おおみそか》。

今年の秋、朝凪海という女の子と友だちになってから、あっという間に、慌ただしく時が過ぎていった1年が、終わろうとしている。

「ねえ真樹、あのね、お願いがあるんだけど、いい？」

「ん？　別にいいけど、朝っぱらからどうしたの？」

「うん、あのね……」

そう言って、海は静かに瞳を閉じて、俺のほうへちょこんと唇を差し出してくる。

海が何をご所望なのかは、すぐにわかった。

一週間、俺も海もずっと我慢していたが、こちらのほうもようやく解禁である。

「それじゃあ……えっと、おはよう、海」

「うん。おはよ、真樹」

早朝、まだ薄暗い部屋の中で、俺は海のことを抱き寄せ、そのままキスをする。

恋人になった日にキスをしてから、手を握る以外の過度なスキンシップは極力避けていたが、それももう気にしなくていい。

「……ぷは」

「はぁ……」

息継ぎのために一度唇を離しつつ、呼吸が落ち着いたらまた抱きしめ合って密着する。

俺の体調管理のダメさもあって、海にはずっと我慢を強いてしまったから、おあずけだった一週間分のイチャイチャを残りの冬休みでいっぱい取り戻さなければ。

……今度は、俺の自宅のほうで。

もちろん、節度はきちんと守る。

「——海、真樹君、もういい？　起きてる？　今から正月用のお餅つくるから、ちょっと手伝って」

「あ、は〜い。お母さんが呼んでるから、そろそろ私たちも起きよっか。真樹、初詣まではウチにいるよね？」

「うん。私服に着替えなきゃだからちょっとだけ家には戻るけど、今日まではお世話になろうかな」

空さんに改めて今までのお礼と、正月の休みに母親と一緒に挨拶に伺うことを約束して、俺は海と一緒に、お餅を作る作業へと移る。

つきたての大きな餅にもちとり粉をまぶして、ちょうどいい大きさにちぎっていく作業を担当することに。

「餅つき機……結構色合いが古い感じですけど、大分年代物みたいですね」

「ええ。私が夫と結婚した時にお母さんから買ってもらったものだから、かれこれ三十年近くにはなるかしら。そろそろ買い替え時なんでしょうけど、でも、愛着があってなかなか捨てられなくて。まだ動くし」

ゴウンゴウン、と大きな稼働音を起こしつつ、蒸されたもち米が少しずつお馴染《なじ》みの大きな一つの塊になっていく。

「真樹、ちょっとお行儀悪いけど、出来立てのヤツつまみ食いしちゃおうよ。きなことお醤油《しょうゆ》があるけど、どっちにする？」

「じゃあ、無難にきなこで」

出来たての餅を三人でちぎりつつ、その中からそれぞれ一個頂戴してぱくりと一口。

熱々で良く伸びるお餅にきなこの風味、さらにその上からかけられた黒蜜の甘さが混ざり合って美味《おい》しい。

「お餅なんてこういう時ぐらいしか食べないんだけど、でも、毎年この時期は楽しみだったりするんだよね。特別感があるっていうか」

「それは俺もわかる気がする。前原家《ウチ》の場合は機械も時間もないからスーパーで買ってきた切り餅で済ませちゃうし、それもそれで十分美味しいんだけど……ちょっと味気ないというか」

味についてはメーカーのものを買ったほうが間違いないはずなのだが、やはり実際に自分たちで作ったという『経験』とか『思い出』が何よりの調味料となる。

初めて自分で作った料理、誰かと一緒に食べた思い出の食べ物……こうして海と一緒に食べているお餅の味も、俺の中の記憶にこれからしっかり刻まれることになると思う。

「二人とも、つまみ食いはその辺にして、続きお願いね。お父さんのご実家におすそ分けする分とご近所さんにも配る分で、後もう一陣分のもち米は残ってるから」

「はいはい」

「わかりました」

こうして、俺の大晦日の日中は、餅づくりの続きと、後はまだ完了していない部屋の大掃除のお手伝いで過ぎていく。途中、着替えのために一度自宅に戻ったが、朝凪家と比較してあまりの散らかり具合に思わず戦慄してしまったのは、ここだけの話。

俺も母さんも掃除は常に最低限やっておけばいいという考えだったが、一年に一度くらいは徹底的にやってもいいかもしれない。清潔なのは悪いことではないし、俺にとっても母さんにとってもいい気分転換にはなる。

「――三人とも、お疲れ様。皆で頑張ったおかげで、いつもよりずっと早く終わっちゃった。特に真樹君がいてくれたおかげで、海がいっぱい張り切ってくれたし」

「なっ……わ、私はいつもこんな感じだしっ！　……真樹、なんか文句あんの？　言いたいことがあるなら聞くけど？」

「いや、俺は何も……」

それについては俺も海と同じ立場なので、何も言えない。

一週間という長い間お世話になったお礼をできるだけ返したいという思いもあって、空さんのお手伝いを頑張らせてもらったが、率先して張り切ったのは、当然、大好きな彼女の目があったから、というのも大きな理由の一つだ。

「……っと、陸さんも、お疲れさまでした」

「ああ……まあ、俺はほとんど自分の部屋をやっただけだから、別に」

大掃除なので、当然、部屋にこもっていた陸さんも、空さんと海の手によって強制的に参加させられており。

俺も陸さんも基本はシャイなので、お互いの性格上、作業中は特に雑談などをすることはなかったものの、一緒にやっていて空気が悪くなったようなことはなかったと思う。

ただ、その分海とはわりと文句を言い合っていた気もするので、どちらかというと海のことをやんわりと宥《なだ》めるのがメインになっていた形だったかもしれない。

「さて、お母さんはこれから注文してたお蕎麦《そば》とかお寿司《すし》とか取りにいかなきゃ。陸、その間、二人のことよろしくね」

「俺に頼まれてもな……海、とりあえず後のことは任せた」

「妹に任せんなし……まあ、私たちはゲームでもして大人しくしてるから安心してよ。ってことで兄貴、ゲーム借りるから、しばらく家に帰ってこないで」

「しれっと俺の部屋を占領するな。そもそもゲーム借りるぐらいで兄貴を家から追い出そうとするな」

「もう、二人ともしょうがないんだから……真樹君、ごめんなさいね、お見苦しいところを見せちゃって」

「いえ、賑やかなのは俺も好きなほうですし、もう慣れましたから」

用事が全て終わった後は、それぞれ思い思いの時間を過ごす。

夕方にテレビでやっているちょっと古めのアクション映画を見ながら雑談したり、陸さんの部屋からゲームを借りて久しぶりに遊んだり、漫画を読んだり。

……あとは、海の部屋で久しぶりにじゃれ合ったり。もちろん、隣に陸さんがいるのであくまでも軽く。

空さんが帰ってきた後は、仕事でいない大地さんを除いた四人で夕食をいただき、賑《にぎ》やかで楽しい大晦日の夜を過ごして。

そして、長いようで短かった一年が終わり、また新しい一年が始まった。

「明けましておめでとう、海」

「おめでとう、真樹。改めて、今年もよろしくね」

来年も再来年も、といきたいところだが、まずは目の前の一年。

何事も欲張り過ぎず、一歩一歩、着実に自分たちのペースでやっていけばいいのだ。

海の部屋で二人きりの新年の挨拶が終わると、その直後、俺たち二人のスマホがメッセージの着信を伝える。

天海さんと新田さんからだ。

（パーティチャット　１）

『（あまみ）　海、真樹君、ニナち、あけましておめでと！』

『（あまみ）　今年もよろしくね！』

『（朝凪）　おめでとう、夕』

『（前原）　天海さん、おめでとう』

『（あまみ）　えへへ。あけおめことよろだよ〜』

『（ニナ）　皆、おめでとさん』

『（ニナ）　ところで初詣だけど、集合時間どうする？　私はもう準備できてるけど』

『（あまみ）　私もっ！　今年は張り切ってお母さんにお願いして振袖着付けしてもらっちゃった！　海は？』

『（ニナ）　やるでしょ。ウミちゃんは只今《ただいま》絶賛恋する乙女状態なんだし』

『（あまみ）　それもそっか。じゃあ、集合は1時間後、いつもの神社の駐車場前ってことで』

『（朝凪）　おまえらはなしきけやこら』

『（前原）　海の着付けはこれからだから、また終わったら連絡するよ』

『（あまみ）　おけ〜』

『（ニナ）　おけ〜』

『（朝凪）　だからおい』


天海さんと新田さんがお見舞いに来てくれた日に作った専用のチャットルームでこの後の予定のやり取りをして、それぞれの準備へと戻る。

私服の俺は特にやることはないので、身だしなみだけ軽く整えて、客間で空さんに振袖を着付けしてもらっている海のことを待つ。

——あら、前着た時なんかはまだだいぶ余裕あったのに……やっぱりあなたもちゃんと成長してるのね。背は問題ないんだけど、特に胸のとこなんか……あ、こらっ、お母さんの頭を叩《たた》かないの。

——母さんこそ、なにおばさんみたいなこと言ってんの！　隣に真樹がいるのに……。

——あら、いいじゃない。他の子ならともかく、きちんとお付き合いしてる恋人なんだし。海だって、この前真樹君のこといっぱい甘えさせてたじゃないの。

——そ、それはそうなんだけど……ほら、あの時と今とでは、なんというか状況が違うし……。

隣にいても問題はないと思うが、天海さんや新田さんに追及されても、このことはなるべく触れないようにしておこう。

母娘《おやこ》のわちゃわちゃを隣で聞きつつ新年恒例のバラエティー番組を見ていると、着付けが終わったのか、空さんが先に客間から出てきた。

「お待たせ、真樹君。久しぶりだからちょっと手間取ったけど、その分、とっても可愛《かわい》くできたと思うから。……ほら海、早く真樹君に見せてあげなさい」

「わ、わかってるから……お母さんのばか」

空さんに促されて、恥ずかしそうに頬《ほお》をほんのりと染めた海が、俺の前に出てくる。

「真樹、あの……どう、かな？」

「えっと……」

空さんのおさがりだという振袖だが、古さを感じさせない品質とデザインだった。

生地の色は鮮やかな青がメインで、名前のように、空のような、もしくは海のような色合いで、その青を邪魔しない程度に、色とりどりの花や草木たちが刺繍《ししゅう》されている。

また、着物だけでなく、髪の方もきちんとセットされており、いつもは普通に肩におろしている髪を後ろで結い上げ、梅の花のデザインがあしらわれたかんざしで留められていた。

クリスマスは黒のドレスで比較的シックにまとめられていて、その時も思わず見とれてしまうほどだったが、今回の振袖姿も、それに勝るとも劣らないほどに輝いて見えた。

「すごく似合ってる。えと……き、綺麗《きれい》だよ、海。青がすごくいいかなって思う」

「……そ、そっか。なら、よかったけど」

「うん。って、もしかして今の俺の真似《まね》した？」

「え、そう？　そんなつもりなかったんだけど、うつっちゃったかな？」

「まあ、しばらく一緒にいたしな」

「そうだね。……えへへ」

俺の反応も上々で安心したのか、海は満足そうにへにゃりと笑って見せる。

「ふふ、やっぱりいいわね、青春って」

なんだか俺たちのすぐ近くから、ものすごく生温かな視線を感じる。

恥ずかしいし、突っ込んだら突っ込んだでものすごくからかわれそうな気がしてならないので、そこはひとまずスルーしておくことに。

「それじゃあ行こうか、海」

「うん。真樹、エスコートよろしく」

「了解。初めてだからよくわからないけど……こんな感じでいい？」

「うんっ」

玄関から先に出て手を差し出すと、海は嬉《うれ》しそうにはにかんで、優しく添えるように手を置いてきた。これがマナーとして正解かどうかはわからないが、海が満足ならそれでいい。

深夜ということもあり、初詣先の神社には、空さんも一緒についてきてもらうことに。

保護者である空さんとの同行という条件付きではあるものの、本来なら寝静まる時間にこうしてお出かけをすることなどなかったので、なんとなくテンションが上がるというか、そわそわしてしまう。

海が隣にいるので表情や態度には出さないが、内心はまるで遠足前の子供だ。俺の場合、本当の遠足は憂鬱なイベントでしかなかったが。

「ねえねえ、真樹はいつも初詣でどんなお願いしてるの？　……あ、言っておくけど、いつも行かないからしてないってのは……ない、よね？」

「それはさすがに……でも、こうして初詣に出るのはわりと久しぶりかな。小さい時に両親と旅行先の名前も覚えてない神社に行ったのが最後で、後は色々なところを転々としてたから……」

「そっか。じゃあ、今年はその分たくさん神様にお願いしないとね」

「あんまり欲張り過ぎるとウザがられそうだけど……まあ、お願いするだけタダみたいなところあるし、それなら考えつく限りお祈りしてみようかな」

これまでは自分の健康ぐらいしか祈るものがなかったが、今年に関しては色々あり過ぎて、何をお願いしようか正直迷う。

自分のこと、家族のこと。後は、去年初めて出来た友達のことや、それから、いつも俺の側《そば》に寄り添ってくれている大事な恋人のことだって。

お参りするまでに、何をお願いするかはしっかりと考えておかなければ。

夜道に浮かぶオレンジ色の街灯を海と二人でぼうっと眺めつつ、車に揺られて十数分ほどで、集合場所である地元の神社へ。主に学業や商売繁盛のご利益があるらしく、俺たちがつく頃には、すでにそれなりの人で境内は賑やかだ。敷地内にはちらほらと屋台も並んでいて、ちょっとした祭りのような状態になっている。

「！　あ、二人とも、こっちこっち〜！」

車を停《と》めて降りると、ちょうど近くで待っていたのか、俺たちに気づいた天海さんが満面の笑みでぴょんぴょんと跳ねながら、手を大きく振ってくる。天海さんと一緒に来たのか、新田さんもその隣にいた。

「ごめん夕、ちょっと準備に手間取っちゃって」

「ううん、私たちもさっき来たばかりだから。そんなことより、海ってばめちゃくちゃ可愛いじゃん！　それ、もしかしておばさんの？」

「うん。夕は毎年見てるけど、今年も相変わらず似合ってるね」

「えへへ、ありがと。今年は小物にこだわってみました」

くるりとその場で一回転して自身の振袖姿を披露する天海さんだったが、こちらは暗めの赤色を基調としていて、天海さんのもつ綺麗な金髪とのバランスを考えてか、海よりも比較的落ち着いたデザインとなっている。

また、本人が先程言った通り、足元や髪飾り、それに財布やスマホなどの貴重品を入れる小物入れなども和風のもので統一していて、全てにおいてセンスを感じさせる……と、俺が言ったところであまり説得力はないかもしれないが。

そしてこちらは意外だったが、新田さんもきちんと振袖を着ている。こちらはレンタルでもしたのか、全体的に今風なデザインの緑色だった。

「真樹君も、どう？　私、似合ってるかな？」

「あ、うん。いつも通り、すごくいいと思う、かな」

「へへ、どうもありがと……って、なんかその言い方だといつもの服装とそんなに変わらない感じじゃない？　私、今日はいっぱい張り切ってお洒落《しゃれ》してきたのに〜」

「おいおい委員長、まだ初心者とはいえアンタももう彼女持ちなんだから、そういうとこもっと勉強しなよね。まあ、あんまりやりすぎても、隣でぴったり引っ付いてるカノジョちゃんのやきもちがすごいことになりそうだけど。ね、朝凪サン？」

「べ、別に私はそんなこと一々気になんかしないし……」

と余裕ぶって言いつつも、実際は、辺りが暗いのをいいことにさりげなく俺の脇腹をぎゅっとつねってきているので、以降の発言は十分気をつけなければ。

隅々まで褒めるのは海にだけ、可愛いとか綺麗とか、そういう気障《きざ》で恥ずかしい言葉を投げるのも海にだけ……少なくとも今はこの作戦でやっていこう。

四人集まったところで、本来の目的であるお参りのため、鳥居をくぐり、境内へと続くゆるやかな坂道を登っていく。道の隣には階段があって、そちらを使ったほうが早くはあるものの、こちらは俺以外の三人が振袖姿で危ないので、時間はかかるが安全をとってゆっくり進むことに。

「海、ここちょっと段差あるから気を付けて」

「うん、ありがと」

海の手をとって、彼女の歩幅に合わせて一緒のスピードで歩く。

いつもは俺の手を引っ張ってくれることが多い海だが、今日は完全に俺に身を委ねてくれているようで、時折俺のことを見て穏やかに微笑《ほほえ》みながら、俺のわずか後ろを、機嫌のいい足音を鳴らしてついてくる。

海の気遣いもあるだろうが、ここまではしっかり彼氏としての役割を果たせているようで嬉しい。

「む～……二人ともすごく楽しそうにしてていいな～。ねえねえニナち、私たちもアレやってみようよ。ニナちがエスコート役で、私がされる役」

「いや、私も一応振袖着てんですけどね……ってか、どうせやるんなら夕ちんとこのお父さんにでもやってもらえば？　優しいし、やってくれるでしょ」

「え～、お父さんに～？　それだとただの七五三みたいになっちゃうような……」

「それもそっか。ということは、やっぱりここは不本意だけれども……」

「……じ～」

「……真樹、」

「うん、大丈夫。わかってるから」

なんだか悪乗りモードの二人が俺のほうを見ている気がするが、俺は海のエスコートに精いっぱいなので、おふざけはそちらで勝手にやってもらうことに。

終始そんな感じの四人で、冗談を飛ばし合いつつゆっくりと坂を上り、お賽銭箱《さいせんばこ》が置かれている本堂へ。1時を過ぎ、ちょうどピークの時間をわずかに過ぎたこともあり、特に待つことなくスムーズに順番が回ってきた。

「あれ？　ねえ海、こういう時ってどうやるんだっけ？　先に手？　それともお辞儀？」

「二礼二拍手でしょ。先に二回礼して、その後手を二回叩いてお願いごと言って、終わったら最後にもう一回礼。あ、その前にちゃんとお賽銭《さいせん》も入れてね。真樹も、大丈夫？」

「うん。でも、普段やるわけでもないから、こういう時忘れちゃうのはあるあるだけどね」

「へえ、委員長はちゃんとやり方知ってんだ。私、これ毎年やってるはずなのに、毎回やり方忘れてんだけど」

「新奈、アンタはもうちょっと伝統に興味持ちな」

そうして四人同時にお賽銭を投げ入れて、静かに手を合わせる。

俺以外の三人がいったい何をお願いしたのかはわからないけれど、全員、今年一年いい年になってくれればと思う。

「さて、お参りも終わったことだし、せっかくだから最後に定番のおみくじでも引いて帰りますか。皆もそれでいい？」

「うん、海に賛成〜。ようし、今年も絶対大吉引いちゃうぞっ。去年何引いたか全然覚えてないけどっ」

「はは、それ。まあ、夕ちんはなんとなく毎年大吉引いてるイメージだけどね。私は高望みしないから、せめて恋愛運と金運ぐらいは最強でお願いします」

「それ十分高望みしてるような気がするんだけど……」

お守りを販売している巫女《みこ》さんにそれぞれ百円渡して、おみくじを引く。

別にこれで微妙な結果になっても所詮はおみくじなので気にする必要はないのだが、大吉ならそれはそれで新年早々気分はいいので、中吉ぐらいは来て欲しいところ。

「——おお」

開いた瞬間、思わずそんな声が漏れた。

※※

・第五番　大吉

万事意のごとく運ぶが、この時を長く保《も》たせず、馴《な》れて心緩めば、悲運来る。戒慎せよ。

※※

「——あ、すごい。真樹、大吉じゃん」

「うん。まあ、内容的には手放しで喜んでいいかどうかは微妙なとこだけど。海は？」

「私は中吉。まあ、内容は真樹のと大差ないね」

何事も上手くいくけれど努力は怠らないように……という感じか。

書いてある内容はわりと普通のことだが、まあ、一応は心の片隅に留《とど》めておくぐらいはしておこう。

「いいな〜、二人ともよさげで。私、小吉だったよ〜」

「……まあ、おみくじなんか所詮おみくじだし。夕ちん、くじ、あっちに結びにいこ。甘酒もサービスしてるって」

「お、いいね。新年からさっそく暴飲暴食だ〜」

どうやら新田さんは相当結果が悪かったようで、むすっとした顔で木の枝におみくじをきっちりと結んでいる。とはいえあくまでおみくじなので、今回のことは温かい甘酒でも飲んでさっぱり忘れてくれれば。

「真樹、二人先に行っちゃったけど、どうする？」

「何かあれば電話すればいいし、俺たちも俺たちで自由に回ろうか。ここまで歩いて、ちよっとお腹《なか》もすいたし」

「お、いいね。じゃあ、入口前にあったベビーカステラ食べようよ。ちょっと多めに買えば、後で皆にも分けられるし」

「うん。夜中に甘いものなんてあんまり良くないけど、今日は元旦だし」

「そうそう。お正月は、いっぱい美味《おい》しいもの食べて、いっぱいゴロゴロしなきゃ。体重は……まあ、ちょっとは増えちゃうけど、それはまた休みが明けてから頑張ればいいし」

「ふふ、そうだな」

いったん別行動にしようと二人にメッセージを飛ばしてから、俺と海は束《つか》の間《ま》の初詣デートを楽しむ。

クリスマスに恋人になってから、まずは一週間。

これから先、俺たちの関係がどうなっていくかは誰にもわからないけれど、ずっとこうして二人仲良く笑い合えるような関係が続くよう、何事も頑張っていければと思う。

勉強やコミュニケーション、身だしなみに運動、そして恋愛。

すべては、俺の隣にいる可愛《かわい》い女の子のために。

「ねえ真樹」

「ん？」

「お参りの時、結構長い間目つぶってたみたいだけど、何お願いしたの？」

「うん？　ああ、えっと……『お世話になった人たちが、今年一年、ずっと元気に健康に過ごせますように』って」

「そっか。じゃあ、私とおんなじだ」

「まあ、やっぱり何事も健康が第一だよな」

「そそ。ついこないだまで誰かさんの看病してたから、余計にね」

「……かたじけない」

「まったくだよ。……真樹、あんまり心配かけちゃ、嫌だからね」

「うん、気を付けるよ」

「……ばか」

とりあえずまずは自分の健康から——秘《ひそ》かに目標を掲げつつ、俺と海の新しい1年が始まろうとしていた。

2. 新学期と恋人と友達

約二週間の冬休みなんて、学生にはあってないようなものだ。ぼーっと家でテレビを見、ゲームをやりながらゴロゴロと過ごしているうちにあっという間に年が明けて、正月三日も過ぎると、世間はあっと言う間に通常営業に戻っていく。

特に俺の場合、年末のほとんどを風邪の療養に費やしたので、実質の休みは正月以降のほぼ一週間だ。そして、朝凪《あさなぎ》家での療養中はただ体を休めることに専念していたこともあり、復帰直後の俺を待っていたのは、冬休み前にたんまりと出された課題の山、山――。

ということで、本当の意味でゴロゴロと過ごした時間はあまりなかった気がする。

「――よし、これで課題は全部消化……かな。最終日までかかってようやく……学校側のミスで後三日ぐらい休み伸びたりしないかな」

問題集を自力で全て解き、他に漏れがないかを確認した後、シャープペンを雑にコタツのテーブルに投げつつ、そのままの勢いで突っ伏す。

冬休みは夏休みと較《くら》べて半分以上短いはずなのに、どうしてほぼ同じぐらいの量を平気でお出ししてくるのか……学校側は勘定のやり方を忘れたのかと思わず愚痴をこぼしたくなるほどである。

「お疲れ様。病み上がりで大変だったのに、よく頑張ったね。えらいぞ、真樹《まき》」

「うん。俺頑張った」

「おう。はい、お疲れの体に温かい飲み物をどうぞ」

「どうも」

課題の手伝いに来てくれた海《うみ》からコーヒーを受け取り、一口。

いつも飲んでいるインスタントコーヒーだが、今日は海が淹《い》れてくれたおかげか、いつもよりも香り高く美味しい気がする。

「ごめんな、海。本来は自宅に呼んだ俺がやるべきなのに、わざわざやらせちゃって。あと、部屋の掃除とかも手伝わせちゃったし」

「ううん、掃除については年末に朝凪家《ウチ》の分も手伝ってもらったし。まあ、コーヒーについてはサービス料をいただこうかなって思ってますけどね？」

「なんかそれ少し前に聞いた気がするな……えっと、確か3千円？」

「ふふ、そういえばそんなこともあったっけ。でも残念、不正解。今回は現金じゃなくて、違うものが欲しいな～って」

「ちゃんと対価はもらうわけね……で、なに？」

「うん。一緒にゲームしたいなって」

「それはまた……いや、それなら別に大歓迎だけど」

もっと別のことを要求されると思っていたが、海のお願いは、『お願い』にしてはとても可愛らしいものだった。

俺としても今日はまだコントローラーに手を付けていなかったので、それぐらいならお安い御用……というか、この後俺のほうから誘う予定ですらあったので、海から誘ってくれてむしろありがたい。

だが、ゲームは普通にやるとして、海の要求はここからがいつもと違って。

「契約成立だね。じゃ、ちょっとばかり失礼して……とうっ」

「ん？」

俺から2Pコントローラーを受け取った海は、いつものようにコタツ近くのソファに……は座らず、コタツに入ったままの俺にピッタリと体をくっつけてくる。

「真樹、もうちょっと脚広げて。体育座りみたいな感じ」

「えっと、こう？」

「うん、そうそう。あとはその間に私がおさまって……はい、これで完成っと」

ちょうど俺の体を椅子に見立てたような形で、俺の股の間に入ってきた海が、甘えるように俺の体にもたれかかってくる。

「海、これじゃ俺が画面見えないんだけど」

「私の横から顔出せば大丈夫でしょ？　ほら、こうしてお腹のほうに腕回して、密着するようにやれば……ね？　これでゲームもできるし、その上いっぱいベタベタも出来るし、私も真樹も一石二鳥でしょ？」

「否定はしないけどさ……でも、この体勢、なんかすごく恥ずかしいような」

形的にはちょうど俺が後ろから海のことを抱きしめているような格好で、どこかのベタな恋愛ドラマや映画でやっていそうなシチュエーションである。

そして、何気にゲーム操作も難しい。

「まあまあ、今は私たち二人だけだし、試しにやってみようよ。ね、『お願い』、だから」

「うぐ……了承した以上、そう言われると断れない……」

「へへ。じゃ、決まりね」

対戦だと後ろにいる俺が不利なので、今回は味方同士の協力プレイでやっていくことに。

コントローラーはちょうど海のお腹にくる位置でもって、これより上にもっていかないようにしないと。

「……真樹のえっち」

「まだ何もしてないだろ」

「いやいや、この後なにかの不可抗力で私の胸に真樹の手が当たっちゃった場合に備えて

『えっち』を置いておこうかと」

「置くなそんなもの」

冗談はさておき、海を朝凪家に送り届ける時間までゲームを楽しむことに。

「あっ、真樹、旗とられたっ」

「ん、任せろ」

「お、ナイス～。敵の殲滅《せんめつ》は私やるから、そっちは時間稼ぎよろ」

「はいよ～」

海のちょっとした思い付きによる『お願い』で、プレイングもどことなくぎこちなかったものの、時間が経《た》つにつれてお互いこの体勢に馴染《なじ》んできたのか、コンビネーションも普段と遜色ないものになっていく。

というか、この体勢でプレイしていると、二人一心同体になったような感覚になって、より二人で協力している感が出ているような。

「っしゃっ、タイムアップでウチらの勝利っ。これでまたトップランクに返り咲きだね」

「うん。もしかしたらこのフォーメーション、意外にいけるのかも」

「ほら、やっぱり真樹もそう思ったでしょ？　こうされてると、後のことは真樹が何とかしてくれるって思って、いつもより大胆にいけるんだよね。凡ミスも少なくなるし」

「おかげで俺の方は大忙しだったけどな」

とはいえ、いつも以上に海のプレイングが冴《さ》えていたのは事実なので、『お願い』がなくても、たまにならやってみてもいいのかもしれない。

あくまで、俺の理性がきちんと保《も》ってくれる場合は、だが。

今日は頑張ったが、普段より体が密着していたのもあり、首筋からの海の甘い匂いや、体の柔らかさ、そして、ふとした瞬間に手にあたる胸のふにゃりとした感触に、俺の方はわずかに動揺してしまった。

海はそのことに対して特に何も言わなかったものの、俺の様子はしっかりと背中で感じていたことだろう。

海が予《あらかじ》め置いた『えっち』は、しっかりと俺に効いていた。

「ほら、もう時間だし、ゲームはこのへんにして帰るぞ。送ってってやるから」

「じゃあ、『お願い』も？」

「そっちも。また気が向いたらやってやるから、わがまま言わずに空《そら》さんと決めた門限を守ること」

「……む～」

名残惜しそうに俺から離れた海は、むすっとした顔でゆっくりと帰り支度をしている。

冗談半分、甘え半分というところか。

「えっと……ダメだよ」

「いやいや、まだ何も言ってないし……」

「まだ帰りたくない、だろ？　だから俺も『ダメ』って置いてみた」

「ばか、真似《まね》すんな～」

ぽこぽこと俺のことを軽く叩《たた》いてくる海の顔には、

『まだ帰りたくない』

『もっと一緒にいたい』

と書かれている。当然、それは俺も同じ気持ちだし、出来ることなら冬休み最後の日を二人きりで満喫したいわけだが。

しかし、ここは『ダメだよ』と自分にも言い聞かせる。

恋人になって、キスをして、彼女の家にしばらくお世話になって、お互いに親公認の仲になっていたとしても、守るところは守り、節度をもった交際を心がけなければ。

「……真樹、明日の朝、一緒に学校行こ」

「うん、わかった。朝ご飯はどうする？」

「……それも一緒がいい」

「わかった。じゃあ、母さんの分と合わせて三人分用意しておくよ」

まあ、俺の前ではたまに子供みたいに甘えん坊になる海はとても可愛《かわい》くて、いつも俺の中の欲望とのせめぎ合いになるのだが。

ここらへんが、可愛い彼女を持った人の辛《つら》い所……になるのだろうか。

翌日。

休み明けの新学期はだいたい憂鬱で仕方ないものだが、今回はそんなことを感じる暇もなく、慌ただしい朝を迎えていた。

どたんばたんと、部屋と洗面台を行き来している母さんを横目に、久しぶりに制服のワイシャツに袖を通した俺は、カップにあけたインスタントのコーンスープに熱湯を注いでいた。

「うえっ、やっば……今日は朝から会議だってのにあと三十分しかないじゃん……真樹ごめん、私もう行かなきゃ」

「母さん、サンドイッチだけさっと作ったから、通勤途中に食べて。ほらっ」

「お、サンキュ。海ちゃん、申し訳ないけど、真樹のことお任せするわね」

「はい。真樹が駄々《だだ》こねても引きずって学校には連れて行きますんで」

「いや、さすがに学校には行くし……若干だるいけど」

寝坊してダッシュで出社する母さんのことを二人で見送って、昨日約束した通り、二人で一緒に朝ご飯を食べる。

トースト二枚に簡単なサラダ、それからスクランブルエッグとコーンスープ。

「海、今日は天海《あまみ》さんたちどうするって？　いつもみたいに途中で合流？」

「どうだろ？　朝は真樹のとこにいるからって連絡はしといたから……ちょっと聞いてみよっか」

バターとはちみつを塗ったトーストをひとかじりしつつ、いつものグループチャットに向けてメッセージを飛ばす。


『（朝凪）　夕《ゆう》、今日学校どうする？　一緒にいく？』

『（あまみ）』

『（朝凪）　夕？　もしも〜し？』

『（あまみ）　うみ、いまなんじ？』

『（朝凪）　7時50分　朝　新学期初日』

『（あまみ）　へえ〜』

『（あまみ）　うみ、たすけて』

『（朝凪）　がんばれ』

『（あまみ）　うわ〜ん』

『（ニナ）　今日は別々だね。二人は一緒でしょ？』

『(前原《まえはら》)はい』

ということで、天海さんも新学期早々やらかしたようで、今日は海と二人だ。これについては普段とあまり変わらないものの、冬休み前と大きく違うのは、俺と海が『友達』から『恋人』になったこと。

「ね、真樹」

「ん？」

「私たち、これからどうしよっか？」

「……う～ん」

これからどうする、というのは、周りに対してどう振る舞うかということだ。

これまでのように、あくまで外では『友達』として振る舞うか、もしくはきちんと俺たちが『恋人』として付き合っていることを示すように振る舞うのか。

天海さんや新田《にった》さん、それから望《のぞむ》にはすでにバカップルとして認知されている（しまっている？）俺と海だが、それ以外のクラスメイトたちにもそれを見せていくのか。

これまでは友達以上恋人未満だったので、外への対応も微妙にはぐらかしたり、またはとぼけたりしていたわけだが、今はもうそうじゃない。

「……俺は、堂々としてればいいと思ってる。周りの声がうざったいのはあるけど、でも、そんな中途半端な気持ちで海に告白したわけじゃないし」

親密な仲であることを殊更アピールしたいわけではないけれど、不必要にコソコソとする必要もないし、したくもない。

そして、海にもそんなことをさせたくない。

「真樹、いいの？　堂々とするのって簡単だけど、意外に面倒だったりするよ？　私は気にしないけど、やっかみだって増えるし」

「いいよ、別に。まあ、それが原因で他の男子から絡まれたりするのはゴメンだけど」

特に、海は学年でも人気の女の子の一人に名を連ねているので、そういう意味では、今まで以上に嫉妬の視線や声が増えてくるだろうが……まあ、その時はその時だ。

「わかった。じゃあ、私もこれからは真樹の彼女としてクラスでも振る舞っていくね。男子からの呼び出しは先輩だろうが基本無視するし、他のコたちに付き合ってるかどうか聞かれた時は、潔く交際宣言するから」

「うん、よろしく頼んだ」

今後に関する意見のすり合わせも終わったところで、俺たちは朝食の残りを一気に片付け、食後のコーヒーまでしっかりと飲んで一息ついてから、手を繋《つな》いで一緒に自宅を出た。

「……真樹、今日はできるだけ一緒にいようね」

「うん。休み時間も、昼休みも、ずっと一緒だ」

自宅マンションのエントランスを出た瞬間、冬の冷たい風が俺たちに向かって強く吹きつけたけれど、海とくっついていると、それほど気にならなかった。

宣言通り、二人ずっと手を繋いだまま教室に入ると、先に来ていた新田さんがいつもの調子でこちらへと寄ってくる。

「おっす〜。二人とも、初詣ぶりだけど元気してた？　特に委員長」

「まあ、なんとか」

「おはよ、新奈《にな》。夕からなんか連絡あった？」

「まだ。多分、絶賛ダッシュ中かな……ん？」

俺と海の様子に気づいたのか、新田さんの視線が俺と海の恋人繋ぎへと移り、それからまた元の位置へ戻る。

「……ふむ、二人はそういうスタンスでいくわけだ」

「まあ、うん。さっき海とも話して……潔くいきましょうと」

「そういうこと。真樹、カバン置いたら、今日はこっちおいで」

「あ、はい」

自分の机にカバンを置いた後、自分の席には座らずに海の席へ。

いつもと違う俺の行動に、他のクラスメイトたちもさすがに色々察したらしく。遠巻きにあれやこれやと話しているようだ。

ああやっぱりか、という声が大半ではあったものの、文化祭以降は微妙にはぐらかしていた部分もあったので、衝撃というレベルではないにしろ、事情をそこまでよく知らない生徒たちには、多少の驚きをもって受け入れられたようだ。

「よっ、いらっしゃい。委員長がこっちに来るなんて、なんか新鮮だね。あ、そこの椅子空いてるから座んなよ」

「いや本当に……どうも、ご丁寧に」

いつもは後ろのほうの自分の席から動くことはほぼなかったので、こうして海の席を囲んでいるだけでも、まるで全然違う場所にいるように感じる。

教室の窓際にある、一番前の席。海はいつもここで勉強をし、天海さんや新田さんのフォローをし、ヒマな時はスマホで俺と他愛《たあい》のないやり取りをしていたのだ。

「ふふ、真樹ってば、めっちゃ緊張してんじゃん」

「うん……こういうの初めてだから、全然落ち着かないし」

「ふふっ。じゃあ、これからちょっとずつ慣れていかなきゃね。体、マッサージでもしてほぐしてあげよっか？」

「いやいや、それはさすがに……恥ずかしいというか」

「え～？　遠慮なんてしなくていいのに～」

明らかに俺との会話を楽しんでいる海に、クラスメイトたちは珍しいものを見ているように驚いている。

これまでの海も、クラス内で決して笑っていないわけではなかったけれど、どちらかというとツッコミ役で、笑うというか、苦笑や呆《あき》れ笑いがほとんどだった。

それが今は、自分から冗談を言って、おどけたように笑って——しかも、その相手が同じクラスの男子である俺だから、密《ひそ》かに海のことを狙っていた（と思われる）男子の一部は、その様子に明らかに落胆しているように見える。

こんなことを思うのは良くないけれど、正直、ちょっとだけ優越感というか、いい気分になってしまったり。

「——ぷはっ、なんとか間に合ったっ！　海、ニナち、めっちゃ二度寝してましたおはようございます！」

「おはよ夕ちん。ってか汗かきすぎて若干湯気でてんのウケる」

「おはよ、夕。ほら、ハンカチ使って」

「えへへ、海、いつもありがと。あ、真樹君も今日はこっちなんだ。いらっしゃい」

「お邪魔してます。って、迎える方が言うのもなんかおかしい気もするけど」

「ふふ、そう言われてみればそうかも。あ、真樹君、そこ私の席だから、カバンだけ置かせてもらっていい？」

「え？　ああ、ごめん、気付かなくて……」

「ああ、まだ退《ど》かなくて大丈夫だよ。その分、私はこっちに座らせてもらうから。ね、いいよね海？　とうっ」

「ちょ……夕、アンタちょっと重くなってない？　正月食べ過ぎたんじゃないの？」

「あ〜あ〜、きこえないきこえな〜いっ」

そうしてごく自然に輪の中に天海さんが入って、お馴染《なじ》みのチャットルームメンバーが集まったわけだが、当然、そんなことを周りのクラスメイト達が知るわけもなく。

——いやいや、いくら何でもそれは……。

——前原、やりすぎだって……。

確かに俺もそう思わなくもないが、こうなった以上はもうどうしようもないので、海たちがそうしているように、なるべく気にしないよう心掛ける。


担任が入ってきて一旦自分の席に戻ったわけだが、ウチのクラスは各学期の最初に席替えをするという決まり（担任が勝手にそう決めた）があるので、この後また席を移動しなければならない。

席替えの方法は先生の大好きなくじ引き方式で、あらかじめ座席表にランダムに数字を振っておいて、引いたくじに書かれた数字の場所がそのまま自分の席になるというシステムだ。

『（前原）　ここ、一番後ろで目立たないから気に入ってたんだけどなあ』
『（朝凪）　そこだったら誰にも見られずに私のことずっと眺めてられるもんね』
『（朝凪）　えっち』
『（前原）　いや、そんなジロジロとは見てないし』
『（朝凪）　それが余計むっつりなんだよなあ』
『（前原）　……否定はしないけど』

海と出来るだけ近くの席になればいいと思うけれど、現在のような距離感も、それはそれで好きだったりする。

教室の端と端、大きな声を出さないと振り向いてくれないほどの距離で、それでも今のように、机の陰にスマホを隠してひっそりとやり取りを繰り返して、俺も海もこっそりと笑って、たまに目があってお互いに気まずくなって目を逸《そ》らして……今思い返してみると、なんて甘酸っぱいことをしていたのだろう。

だが、この距離から始まった俺と海も、気付けばあっという間に接近して、家でも学校でもベタベタするほど、お互いの距離は縮まった。

物理的にも、精神的にも。

「――ほい、じゃあ次は前原君の番ね」

「はい」

俺が四人に先んじてくじを引き、該当の場所へ名前を書き込む。

俺の新しい席は、現在の通路側の席から、その反対の窓側の後ろから二番目の席へ。出来れば一番後ろが気分的には良かったけれど、まあ、どちらかといえばそう悪くない位置だと思う。

最低限、今のようにこっそり海とやり取り出来れば、それで十分なのだ。


『(朝凪) 真樹、いい位置引いたね』

『(前原) まあ、まあそれなりって感じ』

『(朝凪) じゃあ、私がその後ろの席を引けばいいわけだ』

『(朝凪) 唸《うな》れ私の剛腕』

『(前原) ピンポイントだなあ。さすがにそれは難しいんじゃない？』

『(朝凪) いや、大丈夫。このミッションいける。このためってわけじゃないけど、休み中に家の掃除したり、道端のゴミを拾ったりして徳積んできたから』

『(前原) 発想がガチャ爆死するやつのそれなんだけど大丈夫？』

まあ、海の上振れ狙いの冗談はさておき、いつも以上にくじ引きを楽しんでいそうな様子の海が、教卓に置かれたくじの山からおもむろに一つ拾い上げる。

引いた番号と、座席表を二度、三度としっかり確認して。

そして、俺の方へ、勝ち誇ったようなドヤ顔を決めてきた。

朝凪という字が、俺のすぐ後ろの位置に書き込まれて。


『(前原) マジで？』

『(朝凪) マジで』

『(朝凪) いや、私も正直びっくりしたけども』

『(朝凪) マズい、このままだと私はことあるごとに家の手伝いをしないとダメに』

『(前原) 空さんのお手伝い自体は悪いことじゃないからやっていいはずなんだけど』

『(前原) 目的が邪《よこしま》すぎる』


とはいえ、文化祭の時といい、こういう時もあるからこそのくじ引きなので、ちょっとしたラッキーとして受け取っておこう。

他の人ならともかく、真後ろに海がいてくれるのなら、それはそれで嬉《うれ》しいわけで。

そして、さらに。


「――あ、やった。また海の近くだ。しかも今度は真樹君ともお隣だし」

「――なんかこういうのって不思議な縁あるよね。私もまた夕ちんの後ろだ」

「――なるほど、この位置は悪くない……悪くないぞ……」


天海さん、新田さん、望が立て続けに俺と海を取り囲むように名前を書き込んでいく。

最終的に全ての席順が決定した時点で、俺はクラス内で最も目立つグループの中心に、いつの間にか取り込まれていたのである。


『（前原）　天海さんたちと、それから望も一緒か』

『（朝凪）　真樹』

『（朝凪）　学年末は、私と一緒に頑張ろうね？』

『（前原）　……頑張ります』


これまでの勉強会で三人の成績が微妙なのは承知しているので（特に天海さんと望）、五人で一緒に二年生に進級できるよう、海と協力してしっかりやっていこう。

……俺個人としても、学年末は頑張らなければいけない理由もあるわけだし。

海と恋人同士になるというプライベートな目標は果たすことができたので、次に考えなければならないのは学業の面だ。

現状、俺の成績は、二学期の期末テスト終了時点で、おおよそ学年全体で五十位付近といったところ。

点数的には悪くないし、現状維持でも特に母さんから何か言われることはないが、学年末ではさらにそこから点数を上乗せして、順位をさらに上げたいと思っている。

具体的には、今度の学年末試験で全体の三十位以内、あわよくば二十位内には名を連ねることになるのだが、その主な理由としては、二年生以降のクラス替えのシステムがあって。

ということで、席替え後の昼休みに、早速海にそのことを相談することにしてみた。

「そっか。そういえばもうそんな時期だよね。三学期なんて、正直あっという間だし……夕、これまで長い付き合いだったけど、お世話になりました」

「うわ〜ん、まだそうと決まってないのにひどいよ〜。ねえニナち、クラス替えって、本当に成績順で決まっちゃうの？　ここからの逆転は？」

「ないんじゃないかな〜……表面上は全クラス『普通』って扱いだけど、二年生以降は、1クラスは必ず成績上位ばっかり集めてるっぽいし、授業も微妙に違ってくるからね」

「つぽいな。姉貴が進学クラスだけど、生徒会活動との両立は結構大変みたいだぜ」

いのだ。

所謂《いわゆる》難関大学進学を目指すクラスになるが、個人的には、二年生をこのクラスで迎えたいのだ。

「あ〜あ、それにしてもうらやましいな〜。私も、海みたいに『ずっと一緒にいたいから勉強頑張る』って健気《けなげ》に言ってくれる男の子がいたら、学校がもっと楽しくなるんだろうな〜。ねえねえ海、今どんな気持ち？　実は今、めちゃくちゃ嬉しいでしょ？」

「う……そ、それは別にいいじゃんか。私たちまだ付き合いたてだし……お互いに初めての恋人同士だし……」

これ見よがしにからかい攻撃を仕掛けてくる天海さんに、海が頬《ほお》を赤らめつつ可愛く反論している。

これについては予《あらかじ》め皆に白状してしまったのだが、進学クラスを目指す理由としては、おそらくこのまま順当にいけば進学クラス所属になるだろう海と、これからもずっと同じ教室で過ごしたいという、ただそれ一点。

俺としては、今のところ明確な将来の夢というのはない。父さんという存在が間近にあったから、いい大学や大企業に入るのもいまいちピンとこないし、かと言って、あまり目標もなくぶらぶらして母さんに余計な負担をかけたいとも思わない。

ただ、そんな宙ぶらりんな状態の俺でも、海という大事な存在が出来た。

出来ることなら、たとえ学校を卒業しても、ずっと側《そば》でこれからを共にしたいと素直に思える大好きな女の子が。

中学生みたいな恋愛思考なのは、さきほど皆にからかわれたばかりだし、俺自身もそうだと思っている。しかし、どんな理由であっても、学業の成績を上げること自体は悪いことではない。

上げた分だけ将来の選択肢が広がるのなら、それはそれで問題ないのだ。

「ねえ、ところで夕ちんは彼氏とか作ったりしないの？　委員長たちのこと『いいな』って言ってる割には、今もずっと断りまくってるよね？」

「あはは……そうなんだよね。二人のことは去年からずっと間近で見てて素敵だなって思ってるし、だから私も、ちゃんといい人見つけようとはしてるんだけど」

「お、マジ？　なら、私と一緒に探してみない？　夕ちんが来るなら、すぐに場はセッティングできる……って、関《せき》、なんでちょっとこっち睨《にら》んでんの？」

「い、いや俺は別に何も……」

振られたとはいえ、まだ未練ありありの望にとっては複雑だろう。

去年は海とのわだかまりもあり、まだ自分のことだけ考える心の余裕はなかっただろうが、俺と海のこともしっかりとくっつけてくれたわけだし、親友のことだけでなく、自分のことも考えていい時に来ていると思うが。

しかし、天海さんは新田さんの申し出に、申し訳なさそうに首を振った。

「う〜ん……ニナちがそう言ってくれるのはありがたいけど、もう少し自分で考えてみるよ。今はまだピンと来ないだけで、もしかしたら明日とか明後日《あさって》とか、そういう人が現れるかもしれないから」

「そ？　まあ、自分から行かなくても、夕ちんには勝手にあっちから寄ってくるからなあ……悪い虫も多いから、見極めるのが大変だけど。なっ、関クンよ？」

「だから、俺に話を振ってくんじゃねえよ……」

「あ、あはは……もう、あんまり関君のことといじめちゃダメだよ。ごめんね、私のせいで気を遣わせちゃって」

「いや、その話はもう終わったことだし、俺もしばらくは部活に集中しようって決めてるから。気にしないでくれよ」

そう爽やかに言う望だったが、内心はきっと無理をしていることだろう。

俺と海が上手く行き過ぎただけで、本来、恋愛はこういうことがほとんどなのだ。お互いが好意を抱いていることがまず第一条件で、さらに、『この人とならば付き合ってもいいかも』というタイミングで、どちらかから好意を伝えることで、ようやくその人と恋人になれる『かも』しれないという……そう考えると、望のように片思いを続けるのも、それなりに辛《つら》いものがある。

俺と海の二人の仲については、今のところ順調そのものだが……俺たち『五人』に範囲を広げてみると、まだそれなりに気まずさは残っているのかもしれない。

この恋愛話があった影響かどうかはわからないが、新学期始まり以降、天海さんが男子からアプローチを受ける回数が多くなっていた。

いつものように、何かあった時に備えて海と新田さんがこっそり様子を見に行くのだが、それによると、相手は二年や三年の上級生が中心だそうだ。

三年になって勉強が忙しくなる前に、もしくは卒業前に未練を残さないため——理由は人それぞれだが、その全てを、天海さんは申し訳なさそうな顔で、しかしあくまで容赦なくバッサリと切り捨てていった。

「——ふう、天海夕、ただいま戻りました。ごめんね、皆。お昼ご飯時だったのに、わざわざ待ってもらっちゃって」

「お疲れ様。俺が言うことじゃないかもしれないけど……なんていうか、大変だね」

「そうなんだよ～、おふざけの人はともかく、ほとんどの人はそれなりに真剣だから、そういう場合はこっちもしっかりお返事しなきゃって思うし……海～、ちょっと甘えさせて～」

「よしよし、アンタは毎日よく頑張ってますよ～」

子供のように甘えて抱き着いてくる天海さんのことを労《ねぎら》うように、海は天海さんの頭をやさしくくしゃくしゃと撫《な》でる。文化祭でのわだかまりもあり、少し前までは距離をあけていた二人だったが、年が明けて、再び以前までの仲睦《なかむつ》まじい光景が見られるようになっている。

ともかく、海の彼氏として、彼女と、その親友の天海さんが楽しそうにしていてほっと一安心というところだ。

「しっかし、最近また夕ちんに挑む無謀なヤツらが増えてきたね。今まではそれなりに朝凪とか、時々私とか、他の人気のある子にも分散してたけど、今はほとんど彼氏持ちになっちゃったからな〜」

「新奈はいないけどね」

「そこは言わんでよろしい」

冬休みはそれなりに短いけれど、イベントごとは目白押しなので、人間関係が変化するには十分な時間だろうと思う。

クリスマス、正月、年が明けて少ししたらバレンタイン、ホワイトデー……一人で過ごすよりも誰かの隣で一緒にいたいと考える人もいるだろうから、いいタイミングだと捉えて、特定の人を見つけてしまおうという動きも理解できる。

というか、事実、俺がそうだったわけで。今まではそういったイベントに否定的な考えを持っていたはずの俺だったが、実は意外と世俗にまみれている。

「ねえ海、参考までに聞きたいんだけど、今はどんな感じでお断りしてる？　今は真樹君一筋なのはわかるんだけど、まだたまにあるよね？」

「うん。真樹と付き合っているとはいっても、他の人に殊更自慢したりとか、言い触らしてるわけでもないからね。移動教室の途中とか、あとはベタに手紙が入ってたりもするし……まあ、声かけて来ても今は塩対応だし、知らない人からの手紙も読まずに処理しちゃうけど」

そう。新学期を迎えて堂々とカップルとして振る舞っている俺と海だったものの、中にはまだそうと思っていないのか、それとなく粉をかけてくる人間も少数ながらいる。

おそらく、天海さんと並んでも遜色のない容姿の海と比較して、冴《さ》えない見た目をしている俺のことを下に見ているゆえの行動なのだろうが……それが逆に海のことを怒らせているのに気づいていないのが残念なところだ。

「そ、そうなんだ……さすが海、バッサリいっちゃうね」

「そりゃまあ……その、私にはもう真樹がいるし……ね？」

「……どうも、恐縮です」

堂々とすると決めてから、海のほうも、以前のような八方美人的な付き合いはすっぱりとやめてしまったので、それによる多少の軋轢《あつれき》から海のことを守れるよう、これからは俺も変わっていかなければならない。

勉強だけでなく、その他の面もきちんと成長して、他人の目から見ても、『朝凪海の彼氏』だと認識してもらえるように。

「あ、ねえ委員長、そういえば関のヤツは？　昼、委員長と一緒するって口実に私たち三人とも楽しくおしゃべりしようって魂胆だったよね？」

「魂胆て……それは望本人に聞かなきゃわからないけど。そういえば購買にお昼買いに行くって出てったけど、まだ戻ってきてないね」

昼休みが始まったと同時に教室を出ていってもう二十分近くは経《た》っているが、未《いま》だ帰ってくる気配はない。たとえ購買が混んでたとしても、十分もあれば買って戻ってこれるはずなのだが。

途中で別の友達とあって道草でも食っているのだろうか……そう思っていると、ちょうど教室のドアを開けて、望が戻ってきた。

「お帰り、望」

「お、おうただいま。すまん、ちょっと遅くなった。途中で野球部の先輩と話しててさ」

「そうだったんだ。いつもより遅かったから、様子を見に行こうかなって一瞬思っちゃったよ」

「はは、真樹は心配性だな。まあ、もし仮に何かあっても、普段のトレーニングで鍛え上げたこの肉体で跳ね返してやるけどな」

　望が言う通り、確かに他の生徒たちより一回りはがっしりとしているので、よほど何かなければ心配するようなことは起きないだろう。

　制服の上からでもわかるぐらい、腕も太ももも、俺の倍はあるのではと思うぐらいにごつごつとしている。

　望のようにはいかなくても、せめて標準レベルぐらいの筋肉量にはなっておきたいところだ。

「むう……」

　他の男子と比較しても明らかにふにゃふにゃの腕が憎らしい。

「お？　なんだよ真樹、もしかしてトレーニングに興味あんのか？　体鍛えるっていうんなら今度の休み一緒にやろうぜ。近所に良い場所があるんだ」

「へえ、そうなんだ。腕立てとか腹筋とか、最近ちょっとずつやってるから、それはちょっと興味あるかも……」

　ちらと海に目をやると、俺たちの様子を見ていた海は快く頷く。

「うん、いいんじゃない？　筋トレは私もやってるけど、本格的なヤツとなると、やっぱり普段から鍛えてる関のほうが詳しいだろうし」

「へえ、朝凪にしては随分寛容じゃん。私はてっきり『休みはずっと私と一緒にいなきゃダメなのっ』とか独占欲丸出しのこと言って委員長のこと困らせそうなのに」

「いや、私はそんな我儘《わがまま》なコじゃないし……それに、せっかく真樹にも男友達ができたんだから、そっちの付き合いも大切にして欲しいかなって」

海と一緒にいるのは楽しいけれど、他の人たちとの付き合いだっておろそかにしてはいけない。

特に望は、女の子が多い（というか、ほとんど）友達関係のなかで、たった一人の同性の友達だ。

……あとは、単純に男友達と休日に遊んでみたいというのもあったり。

「決まりだな。んじゃ、飯食い終わったら早速予定決めようぜ。器具使うのに、一応予約とか入れなきゃだし」

「了解。あ、後ここの四人でいつも使ってるチャットルーム、望も使えるように招待しておくから、何かあったらそっちに連絡ってことで……皆もそれでいいよね？」

「私はいいよ。一人増えるとわちゃわちゃしそうだけど、まあ、関だし」

「真樹君が言うなら、私は構わないよ。関君だし」

「委員長がしたいなら好きにすれば？　あと、関だし」

「俺をオチに使うなっての……真樹、女子たちが俺のこといじめる」

「はは……まあ、ここはこういう力関係なので」

少し遅れたものの、こうして望も加わり、これで去年のクリスマスに俺と一緒に家族写真に納まってくれた人たちがつながったわけだが。

……これで、少しは望の力になってやれるかも。

海たちも気づいているかは定かではないけれど、教室を出た時と戻ってきた後で、明らかに乱れていたネクタイと、目の下に貼られていた小さな絆創膏《ばんそうこう》を見て、俺はそう思った。

冬休みが明けて数日が経った日曜日の休日、俺は望との待ち合わせ場所である駅前の広場に一人で来ていた。先日約束した通り、望がよく利用しているという施設でトレーニングを教わりつつ、そのついでに二人で少し遊ぼうと決めていたのだ。

普段あまり使っていない自転車を脇にとめて、数分。約束のちょうど五分前に、私服姿の望がやってきた。

チリンチリン、と自転車のベルを鳴らして、俺のほうへ爽やかな笑顔を向けてくる。

「よう、真樹。早めに来たつもりだったんだけど、待たせちゃったか？」

「いや、俺もさっき来たところだから。とりあえず、今日は俺のトレーナー役ということで、お手柔らかにお願いします」

「おう、任せとけ。今日はばっちり筋肉を苛《いじ》め抜いてやるよ」

「お手柔らかにって昨日からお願いしてるはずなんだけどなあ……」

海もそうだが、天海さんも含めて、こういう時はとことん体育会系な人たちである。

まあ、言いだした以上は、出来るだけ最後までやり切るつもりだが。

「ところで真樹、その私服、結構似合ってんな。普段制服姿しか見てなかったけど、なんか意外な感じするよ」

「どうも。といっても、これ選んだの俺じゃないんだけどね」

「なるほど、朝凪か」

「うん。俺が朝出る前に、家に来てくれてさ。ダサいからダメって、全部着替えさせられた」

「ちなみにその格好の前は？」

「運動するから、全身ジャージ。あと上にいつものダウン」

「ああ……じゃあ、彼女に任せて正解だったな」

頭のてっぺんから爪先まで、今日のファッションは全て海におまかせ（強制）である。

元々全て家にあるもので新しいものは何もないのだが、組み合わせ次第でなんとかなるものだ。運動着一式は自転車のカゴの中にあるバッグに全て入っている。

ちなみに本日、その海のほうはというと、俺の看病で潰れてしまった年末年始の埋め合わせに、改めて天海さんたちと一緒に遊びに行っている。

なので、今日の俺は望と一対一だ。

「とりあえず、行こうか」

「ああ。ここからちょっと距離あるけど、ウォーミングアップがてらってことで」

お互い自転車にまたがって、目的地である市民体育館へ向かう。利用料がかかるということだが、かなり安い値段で豊富なトレーニング器具が使えるということで、部活が休みの日などは野球部の人たちと頻繁に足を運んでいるそうだ。

「なあ真樹、普段休みの日って何やってんだ？　いつもは朝凪と一緒にバカップルやってるんだろうけど、それ以外で」

「バカップルやってるつもりはないんだけど……海がいてもいなくても、やってることはそんなに変わんないかな。音楽聞いたり、ゲームしたり、本読んだり……」

「自家発電したり？」

「なんか急に男子っぽい話になったな……まあ、俺も男だし、そういうのもあるけど」

「だよなあ。彼女がいるとはいえ、まだ付き合って一か月も経ってないわけだし……ちなみに参考までに聞くけど、なんかおススメある？」

「え？　まあ、えっと、俺はだいたいここらへん……」

「お、わかる。名前しか聞いたことないけど、結構評判いいよな、その人」

「かな……って、俺たち、朝っぱらからなんて話してんの」

今はここにいない女子三人組が聞いたらものすごく引かれてしまいそうだが、こういうのも男同士だからこそできる話だと思おう。

体格も性格、趣味嗜好《しこう》も全然違う俺と望だが、同じ高校男子なら、共通する話題が必ず一つはある。あまり人前で話すものでもないが、だからこそ仲間意識が芽生えるというか。

ペダルをこぎながら、それからも二人で色々な話をする。野球の話や、それ以外に望が興味を持っている競技の話、そして、それが終わったら、今度は俺が普段聞いているジャンルの音楽や、おすすめの漫画など——お互いのことを聞いて、話して、相手のことを知って、そして自分のことを理解してもらう。

好きなことも、苦手だと思っていることも。

これからも、望とは長い付き合いにしていきたいから。

お互いの話が終わり、ほんの少し間が空いたのを見計らって、俺は気になっていたことを切り出してみた。

「……望、今日の約束をした日、誰かと何かあったよね？」

「ん？　ああ、あのことか……やっぱり皆、微妙に気遣ってくれてたよな」

「うん、実は」

あの後海に訊《き》いてみたところ、やはり俺だけでなく、他の三人も望の様子がおかしかったことは気づいていたようで、本人が言いたくなさそうだったので、しばらく放っておこうと瞬時に示し合わせていたらしい。

俺の方も今の今までどうすべきかは悩んだが、一人でもやもやするよりも、二人でもやもやしたほうが、根本的な解決にはならなくても負担は軽くなるはずと思い、お節介だとは自覚しつつも聞いてみることにしたのだ。

そちらのほうが、ずっと俺らしい。

「そっか……とりあえず、体育館までもうすぐだから、その話は着いてからにしようぜ。体動かしながらの方が、俺の方も気が紛れて話しやすいし」

「わかった。じゃあ、それで」

そこからしばらく二人黙ったまま自転車を漕《こ》ぎ、市民体育館の建物内にある有料のトレーニングルームへ。利用料は三百円で、それさえ払えば何時間でも好きなだけ利用していいそうだ。

ランニングマシーンやエアロバイクという俺でも知っている定番のものから、重そうなダンベルやバーベル、その他背筋や脚を鍛える器具など、確かに全身をくまなく鍛えるのにはぴったりの場所だ。

幸い、利用している人は俺たちの他はそれほど多くないので、トレーニングをしつつ、ちょっとした悩み相談をするのにもちょうどいい環境だろう。

ロッカーで運動用のウェアに着替えて、まずは軽くストレッチをすることにした。

……あくまで望基準で『軽く』。

「真樹、そんじゃ行くぞー。ほら、よっと」

「っ……！　んぎぎ……の、望、それ、だめ、やば……せぼ、背骨がぎしぎしって」

「ん～、やっぱり思った通り全身ガッチガチだなあ。ゲームもいいけど、たまには柔軟ぐらいはやんねえと……ほれ、もうちょい頑張れー」

「あぎゃっ……」

望に背中から背負われる形での背筋伸ばしや、股関節の柔軟、肩甲骨周りのストレッチｅｔｃ……望の補助を受ける度に、普段どれだけ運動をサボっているかを思い知らされる。

急に体に力を入れて余計な怪我《けが》などをしないための必要な準備だが、その準備で、すでに軽く息が上がっていた。

……いきなりこんな醜態を晒《さら》すとは、まったく先が思いやられる。俺。

「うし。まあ、こんなもんだろ。んじゃ、呼吸が落ち着いたら次はランニングマシンな」

「もしかして、それもウォーミングアップ……だったり」

「まあ、うん。普段はそのまま筋トレに入るけど、真樹はその前にまず走ったほうがよさそうかなって」

「……っすよね～」

とはいえ、ここでへばっているようでは望の話を聞く以前の問題になってしまうので、気を取り直してランニングマシンへと向かった。

ただ、初めてということで、スピードのほうは望が普段やっているスピードの半分にしてもらうことに。

「真樹、無理そうならいつでも休んでいいからな」

「だ、大丈夫。体は硬いけど、ランニングは少し前からやってて多少は慣れてるから」

風邪を引いたことで根本的な体力不足を見直し、年が明けてから、海の早朝ランニングに付き合わせてもらっている。

今までは何かを始めたとしても三日坊主だったが、さすがに彼女と一緒なら、そういうわけにもいかない。

走りつつ、しっかりと自分のペースと呼吸のリズムを思い出し、刻んでいく。

そうして十分ほど無心になって走っていると、俺の方をちらりと見た望が、マシンのスピードを俺と同じところまで下げて、ゆっくりとジョギングし始めた。

「実は友達……いや、もう友達じゃねえな、あんな奴《やつ》ら。……えっと、クラスメイトの奴らと、最近折り合いが悪くてさ」

「……それって、少し前まで望がつるんでた運動部のグループの人たち、だっけ？　サッカー部とか、バスケ部とか、ウチの高校にしてはそれなりにやんちゃしてる感じの」

「そうそう。まあ、俺も野球部だったから、同じ運動部のよしみって感じでいつの間にかつるんでた感じだったけどさ。……天海さんとの件もあって、最近は距離置いてたんだけど」

あの件は望の勇み足も原因だったが、だからといって、勇気を出して好きな人に気持ちを伝えた人をあざ笑っていい理由にはならない。

それ以降、俺もなるべくあの集団のことは無視しているが、それでもたまに、海や天海さんがいないところで、俺のことを何かと揶揄《やゆ》したり、女子の中では比較的声を掛けやすい（らしい）新田さんになにやら冗談を飛ばしたりして嫌な顔をされているのは知っている。

「じゃあ、この前の昼休みは、野球部の先輩じゃなくて、そいつらと何かあったわけだ」

「ああ。今となっては大人げないことしたなって思うけど、その時はちょっとかっとなって、つい相手の胸倉を摑《つか》んだりしてさ。手は大事だから、ぶったりとかはしなかったけど」

ネクタイの不自然な乱れや絆創膏は、その時、相手と多少もみ合いになった結果だったようだ。絆創膏は、その際に相手の爪がかすって赤くなったのを隠すために咄嗟《とっさ》に貼ったらしく、跡はもう残っていない程度の軽いものだった。

「……何言われたのかって、訊いてもいい？」

「おう。じゃあ、もうちょっとスピード落とすか」

ジョギングほどのペースにさらに落としてから、望はゆっくりとその時のことを話し始める。

「何言われたかはお前たちも大方察してるとは思うけど、アイツらのほうから先に突っかかってきたんだ。『最近付き合い悪いじゃないか』って。グループの中で俺だけ彼女いないこと陰でバカにして、それで俺が距離とってるの知ってやがるくせにさ」

天海さんへの告白があって以降、望は意図的にそいつらから距離をとっていたはずだが、先日まで表立ったことは何もしてこなかった。

ということは、やはり原因となったのは、新学期を迎えて新しく教室内に出来た、俺たち五人のグループについてだろう。

それまでは男子たちに対しても当たり障りのない対応をしていた海が、俺という恋人ができたことで明確な線引きをして、天海さんや新田さんもそれに倣うような接し方になりつつあるから、その中にあって特別扱いされている（ように見える）俺と望は、人によっては面白くないと思われることもあるだろう。

「別に俺が色々言われるのはいいんだよ。今まで変に格好つけて嘘《うそ》ついていたのは事実だし、自業自得だから、しばらくはしょうがないだろうなって。……でも、真樹とか、他の奴らまで悪く言ってきたもんだから……それで」

「……望」

そこから当時の状況を詳しく話してもらったが、想像していた通り、嫌な内容だった。

『前原に取り入って女子たちと仲良くできてよかったな』

ある。

『俺たちも仲間に入れてくれよ』

『もしかして、天海さんに振られたから次は朝凪狙いか？』

……などなど、海たち女子組が聞いたらものすごく怒りそうなセリフのオンパレードである。

彼らとて望とはそれなりの付き合いがあったわけで、半分冗談でからかっている部分はあるだろうが、それでも越えてはいけないラインは存在し、彼らは明らかにそれを軽く飛び越えて望に突っかかってきた。

よく胸倉を摑むのみでこらえたものだと、むしろ褒めてあげたいぐらいである。

「天海さんのことがまだ好きなのは、まあ、認めるよ。あんなことがあっても、天海さんはそれまで通り俺に接してくれるし……遠くでただ眺めてた時より、天海さんはずっとずっと素敵な女の子なんだって分かったから、むしろ前より余計好きになっちゃって」

「わかるよ。天海さん、容姿だけじゃなくて、心も綺麗《きれい》だから」

「だよな。真樹は知らないかもしれないけど、去年のクリスマスパーティが終わって解散した後にお前と朝凪以外の三人で喋《しゃべ》ったんだけど、天海さん、ずっと泣いてたんだ。『真樹君がお父さんお母さんたちと嬉《うれ》しそうに写真に写れてよかった』って感動してさ」

「！　そう、だったんだ」

あの時、俺と海を置いてそれぞれの帰路についたと思っていた三人だったが、俺と海が二人きりで夜道を歩いていた時、裏ではそんなことが起こっていたらしい。

それについては意外だが、天海さんについては、どちらかというと『天海さんらしいな』という感想である。

人のために涙を流せるのが彼女の良い所の一つなのは、俺も海もちゃんと知っている。

「で、そんな天海さんをパーティに誘うために、始めのうちはお前をダシに使えるかもってちょっと思ったりしたけど……でも、今は純粋にお前と友達になりたいと思って。だから、今もこうして休日に二人でトレーニングしようぜって誘って」

「あとは、俺と同じように、天海さんともちゃんとした『友達』になりたい、だよね？」

「……はは、やっぱりバレてたか」

「うん。望って、実はそんなに嘘が上手じゃないから。俺と同じで」

しかし、そんな彼だからこそ、あくまでグループとしてだが、天海さんとの『友達』付き合いが続いているとも言える。

天海さんの目からも、ちゃんと望の良い所は見えているのだ。

「そりゃあさ？　天海さんと恋人になれるんなら、それはそれでめっちゃ嬉しいよ？　でもさ、仮にそうなれなくても、『友達』として仲良くやっていきたいって思ってる俺もいるんだよな。皆で真樹の家で勉強会したり、学校でくだらない話しながら適当にメシ食ったりして……そういうの、高校入ってから久しくやってなかったし。この前の合コンがどう、彼女がどう、あそこの女子校はどう……アイツらそればっかりで」

ようやく楽しくやれそうな居場所を見つけたところに、元の奴らがひどい言葉でちょっかいをかけてくれば、確かに望にしてはいい迷惑でしかなかっただろう。

「まあ、この前の話はこんなところだな。俺がマジになってアイツらも多少はビビッたみたいだし、少なくとも俺の目が光っているうちは大丈夫だと思うぜ」

「そっか。じゃあ、これからも俺たちは俺たちで変わらず堂々としてられるね」

「そういうことだ。さ、ウザい奴らのしょうもない嫉妬は忘れて、ウォーミングアップの続き続きっ！　あと三十分、しっかり走って汗流そうな？　その後ちょっとだけ休憩挟んだら、まずはダンベルからってことで」

「……はい」

これで望のもやもやが少しでも晴れてくれれば嬉しいが、明日からまた学校なので、トレーニングのほうはできるだけ手加減……してくれそうもないのが辛《つら》いところだ。

明日は確実に筋肉痛である。

翌日の休み明け月曜日から、望は基本的に俺たちの輪の中にいるようになった。野球部の活動が忙しいので、どうしてもそちらを優先することになるだろうが、彼が一人入ってくれたことで、俺たちへの好奇の視線があからさまに減ったのは、気分的に大きい。

「お前ら皆おっす～……って、委員長、思った通り、やっぱり死んでるねえ」

「おはよう新田さん……あっ、ちょっ、そこつつかないで。痛い、痛いから」

朝、五人の中で一番最後に登校してきた新田さんに、脇腹をつつかれる。昨日の望とのトレーニングについ張り切って無理をしたので案の定、朝起きたら激しい筋肉痛だったが、それにしても、海も含めて全員俺の脇腹にちょっかいをかけてくるのは意地悪ではないだろうか。ちなみに今もすぐ後ろの海から微妙にやられている。

望によると、『これでも大分軽いメニューを選んだ』そうなので、まだこれ以上があるのかと思うとちょっとだけ尻ごみしてしまう。

ちなみに、今後も定期的に望とのトレーニングはやっていくつもりだ。なので、先は思いやられるが、頑張ろうとは思う。

「ところでニナち、今日はいつもより遅かったけどどうしたの？　いつもは私たちのこと待っててくれるのにいきなり『先行ってて』ってメッセきたから、心配で」

「新奈、もしかしなくても、なんかあったでしょ。元彼関係？」

「……うん、そのまさか。実は途中でばったり遭遇しちゃってさ～、また今度どっか遊びに行こうってしつこくて、それ断るのに時間とられたんよ」

おそらく、先月の父さんとの食事の時にファミレスで鉢合わせた件の続きだろう。

別の女の子との予定（多分デート）が入ってすっぽかされて、その後、新田さん的にはフラれた形になっていたはずだが、今日になって、その人がまた近づいてきたらしい。

「それは……最悪だね」

「真樹君に同じ。ひどいヤツだ、その人っ」

「……最低」

「俺みたいなのが言うのもなんだけど、それはさすがに節操なさすぎかもな」

その話を聞いた俺たちの反応は様々だが、特に海と天海さんの反応が手厳しい。

よっぽど自分の容姿に自信があるのだろうが、そんな不誠実なことをしたら、いくら面食いを公言している新田さんでも、さすがに『×』であろう。

「まあ、皆もそう思うよね。格好《かっこ》いいし、実際好みの顔ではあったんだけど性格がね……う〜ん、頑張ってるけど、中々いい人は見つかんないもんだ」

「新奈は外見から入り過ぎなんだって。見た目も大事なのはわかるけど、他のところにも目を向けてあげれば？」

俺のことを恋人に選んだ海の言葉なので、説得力がすごい。

個人的には見た目も性格も大した人間ではないと思っているけれど、そういうところも含めて海が俺のことを好きになってくれたのは嬉しい。

外見だけでなく中身も大事……それは新田さんもわかってるはずだが、中々難しいところがあるようで。

「それもわかってはいるんだけどさ～、でも、最初のうちは皆上手《うま》い具合に擬態してるじゃん？　しかも、慣れてるヤツほど本性を隠すのも上手いし……良い人もいるにはいるけど、その場合は周りにライバルだらけで、私ぐらいじゃそこに割って入るのもムズイし」

「そうかな？　私から見たらニナちもちゃんと可愛《かわい》いと思うけど……ねえ、海もそう思うよね？」

「え？　いや、まあ、う～ん……」

「いや、そこは仲間なんだから朝凪も『可愛い』って言ってよ。こういうの、私らにとっては社交辞令みたいなもんじゃん。ほら、アンタら男二人も、そんなんじゃいつまで経《た》ってもモテないよ」

「ええ……」

社交辞令云々《うんぬん》はともかく、新田さんもクラスのほうでは目立っているし、男子の中でも人気はあるほうだったから、可愛いと言えば可愛いのだろうが……こういうのに絶対的指標はなく、それぞれの主観もあるので、比較は難しいところだ。

「とりあえず、焦ったところで遊び人しか引っ掛かってくれないみたいだし、今はしっかり人を見る目を養えってことかな。でも、周りにいるのが委員長と関だからなあ……」

「おいおい新田、俺と真樹になんの不満があるんだよ？　クラスの優等生と野球部次期エース、一体何が不満なんだ」

野球バカ
チョイダサ

「勉強以外は要改善のちょいダサ男子とタダの野球バカでしょ？　個々の能力はともかく、恋愛的にはダメダメじゃん」

「ぐっ」

「はは……」

厳しい指摘だが、新田さんの意見は割と合っていると思う。俺は運や巡り合わせがよかっただけで、望は猪突猛進《ちょとつもうしん》で天海さんに振られている。言い訳のしようもない。

「とにかく、この話はもう終わりってことで。で、ところで委員長さ、今日なんだけど、放課後ちょっと時間ある？　そろそろこの前借りた食事代、返しとこうかなって思うんだけど」

「食事代……ああ、そういえばあったね、そんなことも」

先程の話と関連するが、先月、父さんとの食事会の時、偶然居合わせた新田さんの分の代金を立て替えていたことを思いだす。

金額的にはそう大したことはないし、今は親からのお年玉もあって懐はそれなりに暖かいので、特に取り立てようと思っていないが、新田さん的にはいつまでも借りを作ったままでは落ち着かないのだろう。

あまり引き延ばしてなあなあになるのも良くないし、お金はいくらあっても困らないので、もらってしまっていいか。

「海、今日はそんな感じだけど、いい？」

「うん。というか、そういうのはさっさと返してもらいなさい。気分屋の新奈の意志が変わらないうちに」

何も予定がなくても海と一緒に遊ぶことが多いので、一応、海にも了承をもらっておく。

その様子を隣の天海さんがニヤニヤしながら眺めているが……まあ、それはいいか。

「わかったよ。じゃあ、放課後俺の家で待ってるから、その時にお金を持ってきてもらえれば……」

「あ、ごめん。正月買い物しすぎたせいで現金の持ち合わせないから、『こっち』のほうで返させてもらっていい？」

新田さんが取り出したのは、お金ではなく、『1000円分無料』と大きく書かれたお食事券数枚。

しかも、以前俺たちが鉢合わせたファミレスが発行したと思われるもので。

「ウチの親が商店街の正月のくじ引きで当ててさ、その分の枚数もらっちゃったんだよな、これが。お金じゃないけど、立替分奢《おご》ればそれでトントンでしょ？」

「確かに理屈上は間違ってないけど……ってことは、新田さんとご飯食べにいくの？」

「まあ、そうなるかな。めっちゃ不本意だけど。それにほら、一応、この券って他の人にあげちゃダメって書いてあるし」

食事券の裏を見せてもらうと、端のほうに『譲渡・転売禁止』としっかり記載されている。おそらく主に転売対策のための注意書きで、個人的なやり取りでバレることはないだろうが、モラルの問題もあるし、形上は本来の持ち主である新田さんが俺にご馳走《ちそう》する形が望ましいだろう。

だが、それはそれで別の問題が生じてしまったり。

「……ダメ」

「まあ、だよね」

俺が確認する前に、海のほうからすぐに『×』が出る。

あくまで友達同士で、当時の事情も全て知っているとはいえ、彼女以外の女の子と食事に行くことを快く許可する女の子なんて誰もいないはずだ。

特に海はとてもやきもち焼きなので、そんなことになったら、しばらく口も利いてくれないかも。

「そう思うんなら、朝凪もついてくれれば？　私は委員長にこの前の借りを返せればそれでいいわけで、別に彼女同伴でも全然構わんし。もちろん、朝凪の分は奢らないけど」

「はいは〜い！　全然関係ないけど、それなら私もニナちと一緒にご飯食べにいきたいで〜すっ。そこのファミレスってお昼でも高いから、お母さんもそんなに連れてってくれないし。せっかくだから皆で行こうよ、そっちのほうが絶対楽しいよ」

それだと場所がお高めのファミレスに変わっただけで、特にいつもと代わり映えしない空気感になりそうだが、それでも誰かが仲間外れになることはない。

「新田さん、確認なんだけど、俺の三千円分を、海と天海さんの合わせて三人で分割してもいいかな？　俺が新田さんからもらった三千円で、二人に奢るって形で」

「私の出費が三千円なら、後は委員長の自由にしていいよ。それだと軽食かデザートぐらいしか頼めないけど、私もがっつり食べるつもりはなかったし」

「じゃあ、それで決まりだね」

ということで、部活で不参加の望を除いた四人で、先月以来のあの場所へ行くことに。

あのクリスマスイブの日以降、父さんからは何の連絡も来ていない（もちろん母さんにも）ので、もうあの場所に行くこともないだろうと思っていたが。

……父さんは、果たして元気でやっているだろうか。


放課後、羨ましそうに俺たちのことを見送る練習用ユニフォームを着た望と別れて、俺たちはいつもの帰り道から外れて、件《くだん》のファミレスへと向かった。久しぶりの寄り道ということで、ファミレスで腹ごしらえをした後、周辺で買い物なり街をぶらぶらして遊んだりするらしい。

個人的にはおやつだけ食べてさっさと家に帰ってもいいのだが、その意見は、他の三人全員に反対されて、あえなく否決となった。

ということで、久しぶりに電車に揺られつつ、俺は座席に座った女子三人組の会話に耳を傾ける。

「ねえねえニナち、正月休みって、初詣以外にどこか行った？　私、ずっと家でゴロゴロしてたから、ちょっと体重増えちゃって」

「それは私もだけど。……ん～、一応、姉貴と一緒に親戚回りぐらいはしたかな。毎年恒例だし、お年玉もねだっていかなきゃだからね。夕ちんは、今年はおばあちゃんのとこ、帰省しなかったんだよね？」

「うん。最近はお父さんがあんまり休み取れなくて……あ、でも、来年の夏休みにもしかしたらお婆《ばあ》ちゃんたちが来るかもって言ってた。おじさんおばさん夫婦と一緒に」

「む？　おじさんおばさん夫婦ってことは……ひょっとして夕ちん、同年代のいとことかあっちにいたりすんの？　夕ちんと似た顔立ちの、めちゃくちゃカッコイイ男の子とか。ねえ朝凪、アンタ何か知らない？」

「新奈、アンタねえ……残念だけど、確か夕んとこのおじさん夫婦には子供っていなかったはずだけど……だよね？」

「うん。お婆ちゃんの兄弟とか、おばさんのほうを辿《たど》ればそれなりにいるかもだけど、そこまで行くと私も覚えてないかな。私もあっちだと人見知りに戻っちゃうから、そういうのも中々聞けないし」

今ではクラスのムードメーカーでもある天海さんだが、やはり海や新田さんがいない状況だと心細いのか、海と出会う以前の大人しさが顔を出すらしい。

とはいえ、全方面に人見知りの俺が言える話ではないけれど。

「そういう話ならさ、委員長のほうにはいないの？　昔は仲が良かったけど疎遠になった幼馴染《おさななじみ》の女の子とか、ふざけて将来を誓い合ったいとこの女の子とか」

「どういう話かもそうだし、どうして女の子限定になるの……」

「真樹、そこんとこどうなの？　いるの？　いないの？」

「そして海も食いついてこないで」

天海さんの親戚の話から、いつの間にか俺の方に飛び火しているが、そんなに俺の過去に興味があるのだろうか。

海もそうだが、何気に天海さんも興味ありげな視線で俺の答えを期待しているし。

「えっと……期待に沿えなくて申し訳ないけど、本当に俺にはそういう人はいなかったよ。ウチは両親とも親戚付き合いは希薄だったし、幼馴染が出来るほど長く住んだ場所もない……というか、本当に誰も友達いなかったし」

中には親切なクラスメイトもいたかもしれないが、当時は今以上に人見知りがすごかったので、そんな優しさすら見逃していたと思う。

だからこそ、海には感謝してもしきれないほどの恩があるわけで。

「へ～、そうなん。つまんないの～。でも、他の女の影が一切ないのは彼女的には安全安心ってところかな？　ね、彼氏の隣で心底ほっとした顔してるウミちゃん？」

「ちょうしのんなおまえ」

「あ、すんません。ごめん、委員長助けて。この彼女、目がすわっててめっちゃ怖いんですけど」

「そうさせたのは新田さんなので、頑張ってください」

俺たちの仲を冷やかすのは勝手だが、俺はともかく海は限界が来ると普通に怒るので、からかう時はほどほどに。

夕方の帰宅ラッシュ前のほぼ貸し切り状態の電車を最寄りの駅で降りて、歩いて目的地へと向かう。

「へ～、最近ここらへん来てなかったけど、今こんなふうになってるんだ」

「ね。周り団地ばっかりだから割と静かだし、綺麗《きれい》な公園もあるし。ちょっと風強いけど」

あの時は一人ぼっちで、色々なもやもやを抱えながらだったから、あまり周りの風景を受け取る余裕もなかったが、今は以前と比べて視線も上向いて、視界も広がっている。

「あ、確かあそこのコンビニで委員長に肉まんとコーヒー奢ってもらったんだよね。どれも安っぽくてそれなりの味だったけど、なんとなく覚えてるなあ」

「ふうん、そんなこともあったんだ。私、奢ってもらってないけど」

「か、帰りに海にもちゃんと奢ってあげるから」

当時の詳しい話を海に話していなかったことを謝りつつ、新田さんの道案内で件のファミレスへ。あの時よりも時間が早いのもあり、お客さんはほぼいない。メニューを見る限り、リーズナブルなランチメニューもまだ頼めそうだ。

「せっかくだし、皆で色々シェアしようよ。私が山盛りポテトフライ頼むから、真樹君と海は美味しそうなパフェ選んで。もちろん、ドリンクバーもありで」

「だって。真樹、どれにしよっか？」

「う～ん、この前頼んだヤツでもいいけど、新作も割と捨てがたいというか……」

一つのメニューを二人で肩を寄せ合い、顔を突き合わせてあれやこれやと相談する。

今日は四人で来ているので、海は対面ではなく、隣で座ってくれているが……二人きりでも、個人的にはこうしていたいかも。

（ね、まき？）

（ん？）

こそこそ、と俺の耳をくすぐるように囁《ささや》いてくる海のほうへ顔を向けると、

……ちゅっ。

と、メニュー選びに天海さんと新田さんが集中しているところに、同じくメニュー表で

顔を隠した海が、こっそりと俺の頬《ほお》にキスをする。

（う、海、それはそのちょっとびっくりするというか……）

（えへへ、でも、嬉《うれ》しいでしょ？）

（それはまあ……彼女のキスだし）

衝立《ついたて》とメニュー表があるのでバレていないとは思うが、こういうところで人目もはばからずイチャイチャするのは、嬉しいけれども、どこか落ち着かない。

海はたまにこういう大胆なこともするから、俺もさりげなく対応……できるだろうか。

とりあえず、向かいに座った二人にはバレていなそうなので、海のチョイスで季節限定商品と定番商品のそれぞれ一つずつを注文することに。それだけで各々１０００円分が吹っ飛んでしまうが、その分、内容は豪華だし、今日は新田さんのおごりなので気にせず楽しもう。

店員さんを呼んでそれぞれ注文した後、俺以外の三人はお手洗いへ。俺はちょうど目の前にあるドリンクバーで人数分のコーヒーを用意し、あとは荷物番だ。

落ち着いたクラシック音楽が流れる店の中、ぼーっと周囲を眺めていると、ふと、店内の一番奥にある二人用の座席に目が留まる。

先月、父さんと二人で来たときにいた場所だ。

「やっぱり、あの時、ちょっと言い過ぎたよなあ……」

当時のことは今でも鮮明に思い出せるが、時間が経《た》ち、こうして冷静になって考えてみると、父さんに対してきつくあたり過ぎてしまったかもしれない。

そして、クリスマスイブの時に、嘘《うそ》をついて呼び出したことも謝れていない。

父さんのことだから、もう水に流してくれているのだろうが、また機会があれば謝っておきたい。

……とはいえ、もう会わないかもしれないとあの日の夜に宣言している以上、それもいつのことになるかわからないが。

そんなことを考えているうちに、最初のコーヒーの一杯を飲み干してしまったので、早めのおかわりのために席を立つ。

すると、そのタイミングで、お店の入口の自動ドアが開き、新しく二人組のお客さんが入ってきた。

――えへへ～、今日はハヤト君と久しぶりに遊べて嬉しいな～、この前のクリスマス以来、用事でずっと会えてなかったしぃ～。

――いや～、ごめんごめん。年末年始はずっと家族旅行で海外行っててさ。本当は俺も一緒にいたかったんだけど、ウチの両親、そういうの大事にする人たちだから。

「……なんだ。まあ、そりゃそうだろうけど」

もしやと思ったが、店に入ってきたのは俺たちと同じ高校生と思われる男女二人組で、俺はすぐさま視線をコーヒーメーカーのほうへ戻す。

もしかしたら遅めのランチか何かで入店してきた父さんと鉢合わせか……なんて、そんな都合のいいことなど起こるはずもなく。

カップにセルフサービスの角砂糖一つとミルクをたっぷり入れて、そそくさと自分の席に戻ると、ちょうどお手洗いを済ませた三人が戻ってきた。

お手洗いというか、ここに来る途中の強風で乱れた髪や身だしなみを整えてきたらしい。

ちなみに俺のほうは、入店直後に海の手櫛《てぐし》でささっと直してもらったので問題ない。

「真樹、お待たせ。大丈夫？　何もなかった？」

「うん、特には。この席、そういえば新田さんがお会計で困ってた時に座ってたとこだなってふと思い出したくらいで」

「委員長、そんな記憶ふと思い出さなくていいから。はよ席に戻……れ……」

そう言って、顎だけ動かして座るように促そうとした瞬間、新田さんがある一点を見つめて固まる。

「？　ニナち、どうしたの？　そこにいると店員さんとか他のお客さんが通れなくなって困っちゃうよ？」

「……あれ、私の元彼」

「え？」

「あそこの窓際に座ってるカップルの片割れの男。……私との予定すっぽかしたの、アイツ」

「「……」」

……なんというか、そっちの偶然は起こるのか。

新田さん以外の三人で、すぐさま顔を見合わせて、ひとまず様子見ということで、新田さんと一緒になって隠れるようにして所定の位置に戻る。

「お待たせしました。ご注文の山盛りポテトフライと、季節のフルーツ盛りだくさんパフェに、ベリーベリー&ストロベリーパフェをお持ちしました……あの、お客様？」

「あ、はい。すいません、そこに置いていただいて。ありがとうございます」

ちょうど注文の品も来たので、パフェのアイスが溶けないうちに、つまみながら新田さんの元カレなる人物の観察をすることに。

「ふ〜ん、話は聞いてたけどあれがねえ……確かに新奈が好きそうな顔と体型してるわ。ああいうの、私はそんなにだけど」

「う〜ん。なんかこう、うさんくさい感じするよね。女の子のほうは、あんまり気付いてなさそうだけど」

「あのヤロ……今朝私に声かけたくせに、ダメだったらすぐ別の女か……どういう神経してんだ。脳みそ○○○に支配でもされてんのか、あのクソ○○○○——」

ところどころ聞き取れなかった（ことにしておく）けれど、新田さんがそう言いたくなるのもわかる気がする。

衝立の隙間からちらりと見ると、全体的に垢抜《あかぬ》けた雰囲気をしている。明るく染めた髪や、着崩した制服……体のほうも、決してだらしないわけではなく、きちんと引き締まっている印象だ。

あの人が仮面をかぶっていれば、確かに新田さんのように騙《だま》される人は多いかもしれない。

「で、新奈、どうするの？　今からテーブルに乗り込んで、コップの水でもひっかけに行く？　いや、やっぱり熱々のコーヒーか」

「え、え〜？　そこまでやったらお店の人とか、相手の女の子に迷惑かかっちゃうよ。ニナち、お願いだから考えなおそ、ね？」

「いやいや、私は生まれてこの方そんなことしたことないから……こういうのって、他校の男子とかと遊んでると結構あることだし、今回に関しては本性が知れてよかったかなって」

落ち着いているようで敵意むき出しの海と、それから気を遣っているように見えて男のほうは一切心配していない天海さんのアグレッシブ派二人に比べ、新田さんのほうは当事者にしては意外に落ち着いている。

こういうところでの切り替えの早さがあるからこそ、今の新田さんがあるのだろう。

「ささ、あんなヤツのことは無視して、本来のおやつタイムといこうじゃん。あ、委員長、私もコーヒーおかわり、苦いヤツで」

「あ、じゃあ私ももらおっかな。私は紅茶で」

「えっと……じゃ、じゃあ私も同じので……なんて、えへへ～」

「いつのまにか俺がサーバー係に……まあ、目の前だし別にいいんだけどさ」

ということで、気を取り直して自分たちのテーブルに向き合った俺たちは、各々が注文したメニューを皆でシェアしつつ食べていくことに。

「むむ……スイーツの中になぜ大盛ポテトフライかと思ったけど、意外にバカにできないかも、この組み合わせ……」

「それわかる。夕が一番に頼んだ時、正直『は？　なにやってんの？』とか思ったけど、間にしょっぱいを挟むことで、ちょっとボリュームのあるパフェも飽きずに食べられて」

「んふふ、でしょ～？　さすが私の『ゴハンにウメボシ』理論。これで無限に甘いものを食べられちゃうね。えっへん」

「夕ちんの言わんとしてることはなんとな～くわかるけど、パフェとご飯を同列にすんのはちょっと難しいかなあ」

店の雰囲気も考えて声を抑えつつ、常識の範囲で放課後のひと時を楽しむ。

幸い、件《くだん》の彼のほうも相手の女の子に夢中で、俺たちのほうには気づいていないようだから、このまま何事もなくいなくなってもらいたいところ。

「う～、中途半端に食べちゃったから、ますますお腹《なか》が空《す》いちゃったかも……追加で頼みたいけど、やっぱりちょっと高いな～……でも、ランチメニューおいしそう……」

「夕、晩御飯もあるんだからその辺にしときな。あと、おいしいからってあんまり食べると体重戻らなくなるよ」

「むぐぐ……五百グラムの余分なお肉がうらめしい……」

見た感じまったく変わらないが、女の子は細かい変化にも敏感なので、あまり余計なことは言わない方がいいだろう。

……退避の意図はまったくないが、先程コーヒーを飲み過ぎたせいかトイレが近くなったので、三人がダイエットの話で盛り上がっている隙に俺もお手洗いへ。

トイレの個室で一息つきつつ、溜《た》まったものをゆっくりと排出していく。

「まさか、女の子三人に俺一人でファミレスに行くことになるとは……」

別に彼女たち三人に不満があるわけではないし、こうなることを望んだわけでもないけれど、俺の交友関係の男女比が異様に偏っているのは事実だ。

ぼーっとしていると、海との繋《つな》がりでどんどん女の子の知り合いだけが増えていきそうな……同性の友達の作り方って、果たしてどうやればいいのだろう。

「とりあえず、それが今後の課題かな……ってことはなおさら学年末試験は頑張らないと」

海と一緒のクラスになりたいという下心はありつつも、進学クラスに行けば、特に周りの環境ががらりと変わるはずなので、進級時のクラス替えは新たな交友関係をつくる絶好の機会だ。

天海さんや新田さんといった海繋がりで出来た友達だけでなく、自分でも勇気を出して輪の中に入っていく。

望の時はそれが出来て、しっかりと友達にもなれたのだから、決して無理な話ではないはずだ。

待っているだけではダメなのは、隣にいる海を見ていればわかる。

今後のちょっとした目標も決まり、それから用も済ませてスッキリしたところで個室を出ようとドアを開けると、

「……あ」

「あえ？」

ちょうどタイミング悪く、件の彼が洗面台の前で前髪をいじっていたところだった。

「……びっくりした、一人だと思ってたのに、いたのかよ」

鏡に映った俺の姿を見て、そちらを向いたまま、彼がそう悪態をついてくる。

いて悪いかよ、と言いたくなったが、こういう手合いは無視するほうが得策なので、特

に気にした素振りを見せず、さっと手を洗ってその場を後にしようとしたのだが。

「――あのさ、」

「……」

「おいおい、ちょっと待てよ。こっちが話しかけてんだから、無視すんじゃねえって」

そのまま無視して彼の横を通り過ぎようとするも、咄嗟《とっさ》に伸びてきた手に肩を摑《つか》まれてしまった。

ヘアワックスやトイレの水で濡《ぬ》れた指先が見えて嫌な気分になりつつ、舌打ちしたくなるのをなんとかこらえる。

「……俺に何か用ですか？」

「キミ、新奈と一緒の席にいたよね？　もしかして、アイツの友達か何か？」

「まあ、そうですけど」

視線は一切こちらのほうを向いていなかったはずだが、新田さんがいたことにしっかりと気づいていたようだ。

目の前に女の子がいるのに、そっちではなく別の、しかも自分がいらないと一方的に切り捨てた人のことを気にするなんて、一体どういう了見なのだろう。

新田さんにも、見知らぬ女の子にも、そして俺にも失礼なヤツだ。

「おっと、そんな怖い顔すんなって。ちょっとキミとお話したいなって思って、声かけただけだからさ」

「結構です。では、俺はこれで」

「いやいや、ほんのちょっと、ほんのちょっとだけ聞きたいことがあるだけ。それが終わったら、もう一生口利いてくれなくていいから」

「とりあえず、手、放してもらえますか？」

「ああ、ゴメンゴメン、つい」

何を企《たくら》んでいるのだろうか、先程俺のことを見た時とは打って変わって、ヘラヘラとした顔をしている。

何を訊《き》きたくて俺にこびへつらっているフリをしているのか知らないが、俺が今まで見た中でも、トップクラスに不快なものだった。

「……で、なんですか？」

「うん。新奈のことは、もう正直どうでもいいんだけど……」

そう言って、クソ〇〇〇（新田さん曰《いわ》く）が、ニッコリ、いやニタリとした笑いを浮かべて、

「新奈の友達？　の二人の子さ、あの子たちって、もう誰かと付き合ってたりすんのかな？」

「――」

これはもう問答無用で殴っていい案件なのでは。実際に手は出さないけれど。

呼び止められた時点で嫌な予感はしていたが、ここまで予想通りのことを訊かれると、怒りを通り越して、逆に呆《あき》れてしまう。

「……くだらない」

「え？」

「では」

話を打ち切って、俺は足早にトイレを出る。

寸前、その場に残された彼が捨《す》て台詞《ぜりふ》を吐いた気がするが、頭を〇〇〇（同じく新田さん曰く）に支配されたヤツの言葉など俺には理解できない。

そして戻るのが遅くなったことによって、何かあったことも海たちにすぐ気付かれた。

「……新奈、やっぱりコーヒーでいいっしょ」

「いや、逆にジュースとかありじゃね？　シミにもなるし、ベタベタにもできるし」

「じゃあ私は女の子のほう避難させてくるね」

「……いや待って、いくらなんでも張り切り過ぎだから」

かける前提で話が進んでいるような気がするが、たとえ水でもこちらから先に仕掛けてしまえば悪いのは俺たちになるので、理不尽ではあるけれど、力だけに訴えるのは我慢しなければならないし、店に迷惑だ。

もしやるならひとまずここを出て夜になるまで息をひそめて闇討ち……ではなく、お会計を済ませてこちらから去るだけだ。

「ったくもう、どうしてこう巡り合わせが悪いったら……ごめんね、委員長。なんかヘンなのに絡まれちゃって」

「まあ、もう値段分はしっかりと返してもらったし、ここはもう帰ろう」

「だね。店は年中無休だし、タダ券残ってりゃまたいつでもこれるよ」

「うんっ。今度はお小遣い貯《た》めて、皆でお腹いっぱい食べようっ。あと、ニナちは全然悪くないから、そんな顔しないで」

注文分のメニューとドリンクバーからとってきた飲み物は全てなくなったので、店員さんを呼んですぐさま会計をすることに。

まだ１時間と経《た》っていないので少し物足りないが、そこは別の場所で穴埋めすればいい。

「んじゃ、私のほうでお会計やっとくから、委員長たちは先に出てそこらへん……そうだな、駐車場辺りで待ってて。『ちょっとばかり』時間がかかるかもだから」

「了解。新奈、あんまり無理しないように」

「ニナち、やっちゃえっ」

お会計で果たしてそんなに何かを頑張る必要があるのかわからないが、ひとまず新田さんの言う通り、階段を降りて、店舗の下にある駐車場で待つ……ふりをして店の前まで引き返し、新田さんの動向を見守る。

楽しそうに会話をしている高校生カップルの元にゆっくりと近寄る新田さん。

引きつる男の顔。戸惑う相手の女の子。

言い訳がましく新田さんに向かって何かを言っている男。

おっと、ここで新田さんが後ろ手に隠し持っていた『何か』を、男の目の前に――というところで、俺たちは約束通り指定の場所へと戻った。

新田さんが件の彼に対し何をやったのかは、途中で離脱してしまったので全くもって何の見当もつかないが、これで少しでも新田さんの心が晴れてくれればいいかなと俺たちは思った。

ほどなくして、諸々《もろもろ》の『お会計』を済ませた新田さんがやってくる。

「ニナち、どうだった？」

「ん？　別に？　まあ、『今度私の友達にちょっかい掛けたら、私も今までの全部をもってやり返す』ぐらいは言ってやったけど。あと、コップの水は自分で一気飲みした」

「そっか。それじゃ、戻ろっか」

「うん。でも、その前にちょっと例のコンビニによってかない？　さっき食べたけど、なんかまたお腹空いたわ。ってことで委員長、三人分の肉まんセットよろしく」

「俺の分も入れて八百円＋税……まあいいけど」

結局奢《おご》られた分のほとんどが相殺されてしまう気がするが、まあ、その分は別できちんと返してもらったので、それはそれで問題ないだろう。

ファミレスのデザートもとても良かったけれど、寄り道した途中のコンビニで買う安い肉まんとコーヒーも、今の俺たちには十分美味《おい》しい気がした。

3. 初めてづくしの日々

新学期が始まって何かと慌ただしかった周囲も、一月の終わりには大分落ち着いてきた。

俺と海《うみ》は相変わらず平常運転ではあるが、始めのうちは物珍しくても、それが毎日となればお馴染《なじ》みのクラスの風景の一部となる。

俺も、すっかり新しい席で繰り広げられる日常に順応していた。

「ふふ〜ん、ねえねえ海、あっというまにもう二月に入っちゃうね？」

「そうだね。一年生もあと一か月ちょいだ」

「もう、海ったらとぼけちゃって〜。そっちもそうだけど、二月っていったらアレじゃない？　ほらアレ」

「二月……ああ、まあ、そうだね。うん」

目の前の天海《あまみ》さんと海の会話を聞く限り、多分バレンタインデーの話をしているのだろう。前学期と違い中間テストがない三学期において、一般生徒（主に男子）が内心そわそわとしだす時期でもある。

「そういえば、夕《ゆう》ちんたちは去年までバレンタインってどうしてたの？　女子校だったから、友チョコとか？」

「うん。学校終わりに仲のいいコたちと集まって一緒に作って食べたり、クラスの皆にも分けてあげたりとか。中にはものすごい美味しいチョコを持ってきてくれる子もいたから、結構楽しみだったんだよね。私たちのは木炭だから、自分たちで何とか食べ切ったけど」

「お？　なんだ親友？　文句あんのなら話聞くぞ？」

そういえば海は『そう』だったな、と思い出しつつ、当日のことについて考える。

今までは外の世界で起きていたことに過ぎなかった2月14日だが、今年は海がいるので、まず間違いなく関わることになるだろう。

クリスマスがあって、正月も一緒に過ごして……となれば、当然バレンタインデーとそのさらに一か月後に控えるホワイトデーについても逃すはずがない。

「まあ、委員長と朝凪《あさなぎ》はともかく、私たちはどうしよっか？　確か14日って、土曜日で学校休みだよね？」

「あ、そういえば……本当だ」

俺も当然事前に確認していたわけだが、今年のバレンタインデーは休日である。

俺と海は休日だろうが平日だろうが関係ないが、そうでない人にとっては大きな違いだろう。

その証拠に、俺の前の席にいる望《のぞむ》がやけに天海さんたちの会話を気にしていて。

「……関《せき》、すまんな。わざわざ平日に前倒ししてまで義理チョコ渡すほど、私ら別に気合入ってないから」

「べ、別にいらねえって。それに、これでも一応糖質は控えめにしてるから、チョコに限らず甘いものは今のところ禁止だし」

「そうなんだ。私、クラスの皆にはともかく、この四人には日ごろの感謝も込めてちゃんとチョコ渡そうかなって思ってたんだけど……食べられないなら、しょうがないよね」

「なん……っ」

天海さんの言葉に、望の目が驚きでかっと見開かれる。

友チョコは毎年作って渡しているという天海さんだから、少し考えると、望も当然その対象になることは想像に難くないはずだが……糖質制限で食べられないと言ってしまった以上、その言葉をすぐ引っ込めるわけにもいかず。

「望、自分が食べられなくても、智緒《ともお》先輩とか、家族の人に食べてもらうためにもらっておくのもいいと思うけど。ほら、糖質制限でも一口とか二口ぐらいなら別に」

「……い、いや、いい。せっかく作ってくれたものを他の人にあげるなんて、そんなの作ってくれた人に悪いし」

俺も苦しい言い分とは自覚しつつ助け舟を出したものの、結局、望は天海さんからのチョコを断ることにしたようだ。

たとえ義理チョコであっても、天海さんが渡すのはあくまで俺たち四人だけなのだから、はっきりと友人だとわかる証《あかし》なら、望もきっと嬉《うれ》しいし、内心欲しくてたまらないはずなのだけれど。

……望も、意外なところで頑固者である。

ふらふらとした足取りでお手洗いへと向かった望はそっとしておくとして、後は当日の予定をどうするかだが。

「海、こんなこと俺から訊《き》くのもなんだけど……その、当日はどうする？　話の流れからして、チョコは自分たちで作るみたいだけど」

「う、うん。去年は私も夕も、受験勉強で忙しくてやれてなかったから、新奈《にな》とも一緒に三人で作れればと思うけど」

「んふふ、海、今年はめちゃくちゃ頑張って、真樹《まき》君にうんと甘くて美味しいチョコレート食べさせてあげなきゃね？」

「いや夕ちん、むしろここはビターじゃない？　二人でいるとただでさえ甘ったるくてウザいのに、その上チョコも甘いとさすがに胃もたれするかもよ？」

「二人ともうるさい。……今年こそは、しっかりとしたヤツ、自分一人で作ってやるんだから。真樹、まだちょっと先だけど期待して待っておくこと、いい？」

「うん。それじゃあ、再来週の土曜日は家で海のこと待ってるよ」

海の気合の入り方は相当なので、場合によっては『待ちの時間』も長丁場になることも覚悟しておいたほうがいいか。

ともあれ、初めてのまともなバレンタインデーだから、言われた通り、期待して楽しみに、そして、どんな出来でも海の頑張りを褒めてあげたいと思う。

うんと甘い飲み物を用意して。

「あ～あ、いいな～いいな～、真樹君と海は、これからしばらくは楽しいことづくしで。まずはバレンタインでしょ？　それから翌月はホワイトデーだし、そのさらに翌月は海の誕生日でしょ？　イベントごとが目白押しじゃん」

「……ん？」

軽く聞き流すところだったが、すんでのところで踏みとどまる。

二月バレンタイン、三月ホワイトデー。

そして四月は海の誕生日……。

「あの……海さん？」

「あ～……そういえば一番大切なこと伝え忘れてたかも……」

すぐさま顔を横に向けて隣に座る恋人の顔を見ると、海も俺に誕生日のことを言い忘れていたようで、ばつの悪そうな顔を浮かべていた。

「うん。さっき夕が言った通り、四月は私の誕生月なんだ。４月３日生まれの、おひつじ座のAB型。真樹は？」

「俺は８月６日、しし座のAB型……ってそれはいいんだけど」

俺のほうはまだ先の話だが、海のほうは二か月後に迫っている。

バレンタインは俺がチョコをもらうだけだし、ホワイトデーについても、海に何をお返しするかは朧気《おぼろげ》ながらも考えはあるけれど、誕生日となると、また別の問題が。

時間はあるし、海のことを大事に想《おも》う気持ちもあるけれど、ただ一つ、足りないものがあって。

「……ねえ、新田《にった》さん。新田さんならもしかしたらと思って、訊きたいんだけど」

「なに？　委員長が私を頼るなんて、何気に珍しいじゃん」

「その――」

海の誕生日に備えてどうしても必要なもの。

それは、海の誕生日プレゼントを買うためのお金だった。

クリスマスの日以降、人間関係以外にも、俺を取り巻く環境は変わっている。

ズバリ言うと、前原《まえはら》家のお金事情についてだ。

以前までは、俺が十八歳になるまでの間は養育費が振り込まれる予定だった。当面の生活費＋学費その他含めて当初取り決めた以上の金額が俺名義の通帳（管理は母さん）に振り込まれていたのだが、母さんによると、その後の話し合いで、養育費の支払いをなしにして、今まで受け取った分も最低限大学進学に必要な費用を残して、俺が高校を卒業した後、現在振り込まれている父さんからの生活費など含めて、全て返還することに決まったのだという。

もう自分たちの生活は自分たちでなんとかするから、これ以上口を出さないで欲しいという母さんの希望で、父さんも渋々首を縦に振ったそうだが、それによって、現在、前原家は母さんの仕事の収入のみに頼ることとなっていた。

母さんが昼夜の別なく頑張って働いてくれているので、正直なところ、よほど変な無駄遣いをしない限り、家計が圧迫されることはほぼないし、現在の俺の小遣い制度も現状維持してくれるそうだが。

「……でも、今は大丈夫でも、もしものことが……例えば母さんが事故とか病気になって本当に働けなくなった時に困るかもしれないでしょ？　だから、なるべく自分の趣味とかに使うものは、自分で賄ったほうがいいかなって」

「だから、今のうちにアルバイトでもやっておきたいって？」

「……うん、そんな感じです」

相変わらず母さんは『そんなこと子供が気にするな』とは言ってくれているけれど、子供としては複雑なところだ。

「真樹、お金のことだったら、私のことは大丈夫だよ？　私は真樹と一緒にさえいればデート場所はどこでも構わないし、お洒落《しゃれ》だって工夫すれば……」

「海、ありがとう。でも、やっぱりお金って大事だと思うからさ」

今考えているのは、誕生日プレゼントについてだ。

海が言う通り、たとえお金がなくても工夫次第でなんとかなると思うし、二人で工夫して考えたことなら、きっとそれも楽しい思い出になってくれるとは思う。

しかし、それはあくまで多くの選択肢がある中の、そこからさらに楽しく記念日を過ごすための工夫であるべきで、経済的な縛りという心に余裕がない状態だと、どうしても窮屈さを感じてしまうのではないか。

……もちろん、彼女の初めての誕生日でもあるから、なるべく予算とにらめっこせずに海へのプレゼントを選びたいというのが一番の理由ではあるけれど。

ちなみに、母さんからもらったお年玉は、海と一緒に遊びたくて購入したゲームや漫画にほとんどが使われて、財布のほうには１割ほどしか残ってない有様だ。

もちろん、ゲームの内容としてはとても満足だし、年始はずっとそれで海と遊んで盛り上がったので、そういう意味ではいい買い物をしたことには違いないのだが。

やはりもうちょっと残しておけばよかったか。

「そっか……まあ、アルバイト自体は悪いことじゃないし、いい経験にもなると思うから、真樹がやるっていうなら私は応援するけど……でも、その、大丈夫？　高校生のアルバイトってなると、結構やることが限られるっていうか……ねえ？」

「そうだよね。私もやったことないから偉そうなこと言えないけど、アルバイトって、大体お客さんのお相手をしなきゃなイメージあるから……ねえねえ真樹君、知らない人とお話とかするのって、今は大丈夫そう？」

「まあ……頑張るつもりではいるけど」

たまに郵便受けに入っているフリーペーパーなどを眺めていても、概《おおむ》ね接客業のアルバイトが中心なので、海たちの心配もわかる。

今はあくまで仲間内なのでそれなりに話せてはいるけれど、それ以外だと俺なんかはまだまだ借りてきた猫だ。

仕事場の人たちの年代もばらばら、客層も子供からご年配まで……全く他人のその人たちを前にして、きちんとコミュニケーションを取れるかどうか。

「ちなみに、新田さんは今どんな仕事してるの？」

「私？　私はここから一駅先のドラッグストアで品出しとかレジ対応とかやってる。あんまりお客さん来ないから基本はヒマだけど、たまに面倒なのが来たりすんのがウザいかもって感じかな。シフトの融通きくし、時給も悪くないし、一緒にシフト入ってるパートのおばちゃんとか超優しいから、悪いとこじゃないと思うけど」

「へえ……ちなみに、今ってそこ募集してたりする？」

「どうだろ？　店の入口とかに求人の張り紙があった気もするけど、店長、忘れっぽい人だからなあ……興味あるなら、一応、訊いてみよっか？」

「うん。じゃあ、お願いしようかな」

「オッケー。今ちょうど出勤してるだろうし、さっそく電話で聞いてみるわ」

自分で探して応募してもいいが、紹介してくれるのであればそちらのほうが望ましいし、新田さんの話を聞く限りは条件も悪くはなさそうなので、初めてのアルバイト場所としては望ましいほうかもしれない。

……もちろん、募集していればの話で、なおかつ面接で受かった場合の話、だが。

「真樹、今からでも面接の練習しとく？　履歴書はウチの兄貴《ニート》が使ってないまっさらのやつがあるから、後は顔写真だけそこらへんで撮影すればいいし」

「あ、それなんか面白そう。じゃあ、私が面接官役ね。えへへ、それじゃあ前原君、隣にいる世話焼きな彼女さんには一体なんと言って告白したのですか？　その時のシチュエーションも含めて詳しく教えてほしいのですが」

「それどこの業種で必要な質問なんですかね……」

新田さんがアルバイト先に確認の電話をしている間、着々とバイトに向けた準備が（主に海と天海さん主導で）進んでいく。

たかが学生アルバイトと言っても、①募集している求人を見て面接のアポを取り、②履歴書をきちんと書いて持っていった上で面接を行い、③それで雇用主から採用通知をもらうことで、初めて職場で働くことができる——そう考えると、簡単に見えることでも意外とやることが多いことに気づく。

世間のことをわかっているように見えて、俺はまだまだ世間知らずの子供なのだ。

「あ〜、はい、そうです。私のともだ……いえ、知り合いがアルバイトを探してて、それで、もしまだ募集してたらって思って電話してみたんですけど……はい、ああ、そうだったんですね。わかりました。じゃあ、張り紙は今度私がシフト入った時に剝《は》がしときますね。はい、それではお疲れ様です」

……そして、そう簡単に仕事は見つからないということも。

「その感じだと、募集はやってないみたい？」

「だって。この前までは募集してたらしいんだけど、少し前にちょうど新しい人入れちゃったんだってさ」

途中から新田さんの声のトーンが少しずつ下がっていたので察していたが、そう都合よくは行ってくれないらしい。

ということで、アルバイト問題は一旦暗礁に乗り上げる形に。

「真樹、誕生日の件は大丈夫だから、アルバイトはまたゆっくり探していこうよ。お金ももちろん大事だけど、学生の本分は勉強なんだし、それに真樹には『学年末試験で学年上位を目指す』っていう大前提の目標があるんだから」

「そうだよ真樹君。海の誕生日は来年も再来年もあるけど、大事な彼女と同じクラスで過ごせる一年は、今しかないんだから」

「……それもそっか」

アルバイトにかまけて勉強をおろそかにするつもりはないし、実際今も頑張っているけれど、職場の都合によっては影響が出る可能性もゼロではない。

今年の誕生日はひとまず今の状況で出来る限りのことをやって、余裕が出来た次の年に、前年とまとめて海に感謝の気持ちとその印をプレゼントすればいい。

恋人になって初めての誕生日も大事ではあるが、海がどちらを優先して欲しいか考えることも必要か。

「……うん、わかった。ありがとう、海。それじゃあ今年はお言葉に甘えさせてもらっていいかな？」

「うん、いいよ。まあ、この後ものすごくいい条件のバイト先が見つかって、トントン拍子に採用になったら考え直すかもだけど……そうじゃなくても、私は真樹が隣で祝ってくれればそれで十分なんだから。その代わり、当日はずっと一緒にいてもらうけど」

「そっか。なら、そういうことで」

「うん。えへへ、約束だよ」

再来月の海の誕生日がどんなものになるかはまだわからないけれど、彼女には、ずっと穏やかに笑っていて欲しい。

今、俺の目の前でそうしているように。

「……ねえ夕ちん、さっきまでバイトの話だったのに、私たちはいったい何を見せられてんの？　あれ？　もしかして私らケンカ売られてる？」

「あはは、もしかしたらそうかも。私たちには、自分の誕生日のためにここまで考えてくれてる恋人なんていないないもんね～」

「「……すいません」」

恋人として堂々と振る舞うのはいいとしても、周りそっちのけでイチャイチャやらかすのは、それはそれで考えものかもしれない。

天海さんや新田さんの困り顔や、ちょうどトイレから戻ってきた望の半ば呆《あき》れた顔を見て、一気に顔がかーっと赤くなる。

「……海、続きの話は放課後にしようか。今日、ちょうどよく金曜日だし」

「う、うん。だね、今日は遅くまで一緒だし」

今までの間で出た話をいったん棚上げにして、ひとまず俺と海は放課後までの授業に集中することにした。

放課後、天海さんたち三人に冷やかされつつも二人きりで下校した俺と海は、俺の家でいつもの変わらない週末を過ごす。

「真樹、乾いた洗濯物、ここに置いとくね」

「うん、ありがとう。こっちの掃除ももうすぐ終わるから、そうしたらご飯の時間までしばらくゲームでもしてゆっくりするか」

「オッケー、じゃあ、私のほうでコーヒー淹《い》れちゃうから、キッチン使わせてもらうね」

恋人同士になってからは、曜日を問わず、何かあればお互いの家を行き来するようになったものの、この週末だけは以前と同じように過ごすことにしている。

リビングのコタツやソファで二人ゴロゴロして遊び、お腹《なか》が空《す》いてきたら、家に置いてあるいつもの宅配ピザのお店のチラシから気分でいくつか注文し、それを食べながら借りてきたＤＶＤを見たり、家にある対戦ゲームでお互いに煽《あお》り合いをしたり。

一緒にいる時間は多くなったものの、それでも、こうして一緒に夜遅い時間まで遊んでいいと朝凪家のご両親から許可されているのは、相変わらず週末の金曜日のみなので、そうなると、月に四回ないしあっても五回のこの時間は、彼氏彼女となった今でも、とても貴重なのだ。

先に掃除が終わったので、冷たくなった手をコタツの中で温めていると、海が俺の隣にごく自然にくっついてきた。

『友だち』だった時はそれなりに距離感にも気を遣っていたと思うけれど、今は、もうほとんどゼロ距離だ。

「真樹、何見てるの？　それ、いつものお店のチラシ？」

「うん。メニューが新しくなったみたいで、ちょっと見てみようかと」

地元で数店舗のみ存在している程度の規模だが、大手のチェーン店並みに新しいメニューが出るし、値段も安い上に取扱商品も多く痒《かゆ》い所に手が届くので、もう完全に俺たちの週末のお供となってくれている。

せっかくだし新しいメニューを食べてみようということで、サイドメニューはポテトやチキン、サラダなどいつもの布陣にし、ピザのほうで冒険してみることに。このお店の新商品はわりとどれも個性的で、正直当たりはずれが激しいものの、たまにはこういうことをやってみるのも楽しい。

ピザロケット城東駅前店――最近はどこも景気が厳しいとテレビで聞くが、常連としては、なんとか頑張ってほしいと思う。

「さて、注文するものもあらかた決まったし、時間に合わせて電話を……って、海、メニュー表ずっと見てるけど、どうしたの？　まだ何か食べたいものがあるとか？」

「ううん、そっちは全然大丈夫なんだけど……ちょっと気になるところがあって。ほらここ、お店の連絡先の横にしれっと小さく書いてるヤツ」

「えっと、どれどれ……」

よく目を凝らして、海の指差したところを読んでみると――。

『ピザロケット城東駅前店　スタッフ募集』
①　学生・パート・フリーター歓迎。高校生ＯＫ
②　シフトは応相談。週１から、短時間でも可
③　仕事内容：店舗の清掃、接客、調理など。運転免許ありの場合は配達も
④　時給は能力に応じて決定
⑤　アットホームな職場です。連絡は店舗まで（担当：榊《さかき》）
「……これは」

隅の小さなスペースに書かれていたので気づかなかったが、これはまさしく求人である。

仕事内容や時給など、確認しなければならないことは多々あるものの、勉強の支障にならないほどの勤務で、高校生もＯＫ――なので、俺でも条件を満たしていることになる。

いつもはお客さんとして電話しているところに、別の目的で連絡するのも、なんだか気が引けるけれど……これは、悪くないのではないか。

「海、あのさ」

「うん、一応、注文ついでに聞いてみればいいんじゃない？　明日と明後日は学校も休みだし、その間に必要なものは準備できるから」

　海のOKもしっかりともらったところで、早速、注文ついでに店側に連絡を取ることにした。


　そうして、土日休み明けの月曜日。

　週末に話したバイト話の続きということで、他の皆にも、先週末のことを相談がてら話してみることに。

「へえ、それじゃあ早速今日の放課後に面接なんだ。早いね」

「うん。前にいた短時間バイトの人が辞めちゃったから、その補充だってさ」

　試しにかけてみた電話だったが、まだ募集中だったということで、あっさりと面接の予約をとりつけることができた。

　わりと緊急の募集ということで、面接は本日、授業が終わったらすぐ来るように言われている。なので、今日は朝から学校へのアルバイト申請だったり、休みの日に急いで作成した履歴書などのチェックなど、慌ただしく動いている。

「あ、これもしかして真樹君の履歴書？　……ふふっ、見てニナち、真樹君の顔写真、ものすごく強張《こわば》ってるよ」

「ホントだ、マジウケる。緊張し過ぎて唇の形がおかしくなってんじゃん。たかが顔写真なんだから、学生証の時みたいに普通にしてればいいのに」

「それはわかってるんだけど……こういうの初めてだから、なんか緊張しちゃって」

面接が決まった翌日、近くのスーパーにある一回数百円の証明写真で撮影された俺の顔は、一目見てわかるぐらいに緊張している。だが、これでも二、三回は撮り直しをして、一番マシなヤツを選んでいるつもりだ。

失敗したものは捨てるつもりだったが、そちらはなぜか全部海が持っていってしまった。もしもの時のために一応保管しておくという。

履歴書は海と二人で相談して書きつつ、内容のチェックは空《そら》さんと、後は俺の母さんの二人にお願いし、前日には一応、予行として面接の練習をしてもらい、それぞれ同じような評価をもらった。

『（母さん・空さん）……何事も経験だし、とにかく頑張ってみなさい』

こんな感じで、練習の手応えはそれほど良くなかったのだけれど。

「真樹、心配しなくても練習の時みたいに受け答えすれば大丈夫だから。たかが学生の短時間バイトだし、別に不採用ならそれはそれで構わないんだから」

「だね。委員長が受けるってところ、求人見る限りは融通利きそうな感じだけど、いざ入ってみたら全然ブラックってこと、飲食だとたまにあるって姉貴も言ってたし」

店長だという担当の人とは、先日、連絡をした際に多少やり取りはしたけれど、実際のところは面接で話してみてということになるだろう。

いつもお客さんとして利用していて不満はないけれど、それで内部がしっかりしているかは正直わからない。

なので、とにかく良い環境であることを願うのみだ。

「むむ……私以外、皆すごいなあ。ニナちと真樹君はバイト、関君は部活で、海は花嫁修業でしょ……ただ毎日ぽけーっと過ごしてる私とは大違いだ」

「そう？　それは皆が各々必要だと思うからやってるだけで、何もやってないからって夕が焦る必要はないと私は思うけど。花嫁修業って言ったことについては後でじっくり『お話』させてもらうとして」

実は最近になって空さんから料理全般を習い始めている海のことは他の皆に秘密にしておくとして（海からの無言の圧から顔をそらしつつ）、天海さんがそう思う気持ちはわかる。

皆がそれぞれ自分のやりたいことを（それが本当に必要なことかどうかはおいておくと

して）選択して道を進んでいるのに対して、自分が集団から取り残されているのではないかと感じて、焦りを感じてしまうのだ。

たとえ、それがただの錯覚で、実際は皆目先のことしか考えていなかったとしても。

「それじゃあさ、いい機会だし、社会経験も兼ねて夕ちんもどっかでアルバイトしてみれば？　普通にファミレスで接客したり、メイド喫茶で委員長みたいなオタクっぽいヤツからお金を巻き上げたりさ」

「……新奈、人の親友をそういう商売に引きこもうとしない」

「冗談だよ、冗談。ってか、私も今のところはそんな伝手《つて》ないし～」

「メイド……天海さんの、メイド姿……」

「……望、心の声がこっちにまで届いてるから」

とはいえ、天海さんなら、きっとすぐにでもどこかの看板娘としてやっていけそうな気もするが……しかし、彼女ぐらい人目を引く容姿だと、今まで以上に声を掛けてくる人が増えて、面倒なことになりそうだ。

「あはは……まあ、バイトしたいって言っても、多分ウチのお母さんが許可してくれなそうだけどね。『学生のうちは遊ぶの『も』仕事だ～』なんて、いつも言ってるし」

「遊ぶの『も』、ね、夕？　『だけ』とか『が』じゃなくて」

「む～、それぐらいちゃんとわかってるもん。海のいじわる～」

ということは、天海家は経済的には結構余裕があるということなのだろう。

海曰《いわ》く、天海さんの家は『ギリ庶民。普通よりかなり上という意味で』とのことなので、それなら無理に社会経験をさせる必要もない。

社会の理不尽は大人になってからで十分——大地《だいち》さんの言葉だが、おそらく天海さんのご両親も同じように考えているのかもしれない。

……ただ、それを実現するにも、やっぱりある程度のお金が必要なのが、なんとも辛《つら》いところではあるけれど。


それから放課後、四人に見送られて、俺はバイトの面接のため店舗へと向かうことに。

今日はお客さんではなく面接希望者としてだから、いつも電話をしている調子で喋《しゃべ》らないよう、しっかりと切り替えておかないと。

「真樹、しっかりね。履歴書とか忘れ物ない？」

「うん、大丈夫。なんか海、ウチのお母さんみたいだな」

「真咲《まさき》おばさんみたい？　そうかな……で、でも、真樹のことやっぱり心配だから」

天海さんや新田さん、望たちとは教室で別れたけれど、海は結局もう少しだけついてくるようだ。先ほどの授業までは俺が緊張してそわそわと落ち着かなかったけれど、今はすっかり状態が入れ替わっている。

時間が来るにつれて顔が強張っていく俺のことを見て、俺以上に、まるで自分のことのように心配してくれている。

こんな時に思うことではないが、そういうところも、とても可愛《かわい》い。

「じゃあ海、行ってくる」

「うん、行ってらっしゃい。今日は家に帰るけど、終わったら連絡してね」

「了解」

分かれ道に来るまで手を繋《つな》いで歩き、高架下の交差点を渡ったところで別れる。

ふと気になって後ろを振り返ると、やはり同じく気になったのか、海がこちらのほうを見て小さく手を振っているのを見て、ちょっとだけおかしくなってしまった。

こういうところ、俺と海は本当に似ている。

「……よし、では行ってみますか」

海の姿に元気づけられたところで、俺は久しぶりに常連の宅配ピザ店、ピザロケット城東駅前店の店内へと入った。

来店するのは本当に久々だが、焼き立ての生地やチーズ、その他スパイスの香りなどが混ざり合う、その店が持つ独特な雰囲気は変わらない。

「あ、どうもいらっしゃいま～……あれ？　もしかして前原君？　セールでもないのに、来店なんて珍しい」

「ど、どうも。いつもお世話になっております」

レジ前にて応対してくれたのは、いつも俺の家への配達を担当してくれている顔なじみの女性の店員さん。

確か、配達の時に着けていた名札によると、名前は中田泳未《なかたえみ》さんだったか。年齢でいうと俺たちより少し上ぐらいなので、おそらく大学生。

「あの、実は今日は注文じゃなくて、面接に来たんです。アルバイトの……あの、店長さんはいらっしゃいますでしょうか？」

「うん。……ああ、そういえば、『今日は面接あるからその間店番よろしくね』っていわれてたっけ。ね〜店長〜！　面接希望のコ、来ましたけどどうします〜？」

そう大声で叫びつつ、中田さんが調理室のほうへと入っていく。

履歴書を手に持ったままその場で待っていると、店の奥へと消えていった中田さんの代わりに、店長と思《おぼ》しき恰幅《かっぷく》のいい男の人がやってきた。

「どうも初めまして、前原君。私がここの店長の榊です。部屋のかたづ……準備できたから、そっちで軽く面接しちゃおうか」

「はい、よろしくお願いします」

ぺこりと頭を下げて、店長の案内でレジの中を通り、調理場の横を通り過ぎて『更衣室兼事務室』と札に書かれた部屋の中に入る。

「ごめん、最近ちょっと忙しくて、あんまり片付けできてなくてさ。そこの椅子にどうぞ」

「どうも……」

　通常業務が忙しいとこんなふうになってしまうのだろうか、一畳～二畳ぐらいの狭いスペースには、事務仕事で使うパソコンや書類、替えの制服や調理器具の入った段ボール箱などがスペース一杯に置かれていて、俺の座る椅子を置くだけで、もう足の踏み場もない。飲食店の事務室というと大体こんなものだろうと思うが、実際目の当たりにすると大変そうである。

「じゃあ、まずは履歴書を見せてくれるかな」

「はい。これを……よろしくお願いします」

「どうも。え～っと、常連さんだから名前とか高校のことはいいか……とりあえず、一応志望理由ぐらいは聞いておこうかな。あ、もちろん、正直に答えてくれていいよ。さっき応対してくれた中田クンも『遊ぶ金欲しさです』って堂々と宣言してきたからね」

「あはは……では、そうさせていただきます」

　履歴書を見てもらいつつ、そこからいくつかの質問に答えていく。

　志望理由や、仮に採用された場合に希望するシフトなどの条件面や、高校では今何が流行《はや》っているかなどの雑談まで、人当たりのよさそうな店長の話し方もあって、それほど緊張せず、途中、詰まりつつもしっかりと応対することができた。

これもすべて、せっかくの土日休みを俺のために費やしてくれた海のおかげである。

その後も軽い雑談を繰り返しつつ、二十分ほど経《た》ったところで、店長は納得したように頷《うなず》いた。

「――はい、ちょっと予定より時間オーバーしちゃったけど、これで面接を終わります。採用の場合は近日中に電話連絡、そうじゃない場合は履歴書を返送するから。少しだけ待っててね」

「はい。ありがとうございました」

もう一度しっかりと頭を下げて、店長と一緒に狭い事務室を出ると、ちょうど焼き立てのピザの良い匂いが。中田さんが注文の品を調理している途中だった。

ぱっちりとした大きな瞳が俺のことを見つめてくる。

「お、お疲れ様。で、どうだった面接？　採用？　採用だよね？　新しい仲間。ねえねえ店長、どうすんの？　どうしたいの？」

「いやいや、さっき終わったばっかりなのにそんなすぐ決められないって……あ、そうだ前原君、せっかくだから、ウチの商品、ちょっと食べてってよ。今度出す予定の新商品なんだけど、若い子の意見も聞いておきたくて。常連さんだし」

「あ、はい。そういうことでしたら」

店長に言われるがまま店内の飲食スペースに促され、中田さんが調理した新商品（予定）をいくつか味見させてもらうことに。

まだ試作段階らしいが、相変わらずこのお店は攻めている。焼きカレーピザなる、ライスも含めた全てを生地の上にのっけたピザだったり、スタンダードなピザ２枚の間に巨大なハンバーグを挟んだハンバーガーピザなど、『これピザに乗っけたら美味《うま》いんじゃね？』という、まるで小学生の子供が考えたようなラインナップだ。

……まあ、食べてみた感想としては『マジ美味いです』になってしまったのだが。

俺の舌も大概お子様なので、そこはしょうがないのだが。

「ところで前原君、志望理由でお金の話も少し出たけど、ぶっちゃけた話他にも理由あるよね？　家庭環境のことは失礼ながらも聞かせてもらったし、それも嘘《うそ》じゃないとは思ってるけど。あ、もちろん、これで合否が変わるとかはないから安心して」

海と考えた志望理由の一つとして、『家の家計を少しでも楽にしたいから』というのは挙げさせてもらったが、やはり一番の理由は別のところにある。

本当のことを正直に言って、と店長は言ってくれたものの、やはり本音と建前は分けるべきで、そう考えると非常に悩ましい選択だ。

「……えっと、」

いえ特にありません、というのが無難なのだろうが。

せっかく俺のために忙しい時間を割いてまで対応してくれた店長に悪い気がして。

「……はい、実は、四月に彼女の誕生日があるので、プレゼント費用を自分でなんとかしたいかな……と」

「おお、前原君って彼女いるんだ。今ぐらいだと、きっと可愛くてしょうがない時期だ」

「まあ、はい。すごく」

結局、一番の本音をぶっちゃけることに。まあ、勉強優先のため、元から希望するシフトが極端に少なかったりしたので、店長には大方バレていたのだろう。

「なるほど……それじゃあ、頑張って働かないとだね」

「そうですね。働くのなんて生まれて初めてで、本当にやれるのかなって、正直今でもすごく不安なんですけど」

それでも、喜ぶ彼女の顔を見てみたいと、そう思ってしまったから。

頬《ほお》を熱くさせつつそう答えた俺の顔を見て、店長はにやりと笑う。

「そっかそっか……いや〜、青いね。自分のことじゃないのに、なんか聞いた自分のほうが恥ずかしくなってきちゃったよ」

「いえ、こちらこそすいません。本来ならこんな話するべきじゃなかったのに」

「はは、そうかもね。でも、ウチはそういうのも含めて割と自由だから。ね、中田クン？」

「そっすね〜。私はお二人と違って配偶者も恋人もいないから、よくわかんないんですけど。それより、店長はいい加減持ち場に戻ってください。私、今から配達なんで」

「はいはい、わかってるよ〜」

そうして、制服のエプロンをしっかりと着用し直した店長が、中田さんから業務を引き継いで調理の作業へと戻っていく。

夕暮れ時が近いこともあり、店はそれなりに慌ただしく大変そうに見えるけれど、それでも、中田さんや店長となら、一緒に働いてみたいかも、と思っている自分もいて。

「……それでは店長、と、あとは中田さんも……今日は色々とお世話になりました。採用されるかどうかはともかく、またいつもみたいに注文させてもらいますので」

「お、毎度どうも。じゃ、その時はまた私が配達してあげるから」

「毎週毎週本当にありがとう。ウチは固定客って本当に少ないから、前原君みたいなお客さんは本当に貴重でさ。今後ともよろしくお願いします」

「はい。こちらこそまたよろしくお願いします」

そうして何度も頭を下げ、新商品の試食についてもお礼をしてから、本日のミッションはひとまず終わりを告げ。

そして、その日のうちに、正式にピザロケットへの採用が決まったのだった。

採用の連絡をもらってから数日後。いよいよ今日が初出勤ということで、放課後、アルバイト先であるお店へと向かった。

シフトについては金曜日以外の平日でどこか一日と、それから土曜日曜のどちらかの一日で、おおよそ週二日になるように組んでもらっている。時給については地域で定められている最低賃金に毛が生えた程度だが、その分、シフトについてはある程度自分の我儘《わがまま》を通していいとのことだ。

「えっと……お、おはようございますっ」

「うん、おはよう前原君。今日からはお客さんとしてだけじゃなくて、従業員としても貢献してもらうからね。はい、これウチの制服。今、中田クンが着替え中だから、それが終わったら入れ替わりで着替えてもらって」

「わかりました。今日からよろしくお願いします」

袋にはいった新品の制服を小脇に抱えて店の奥へ行くと、ちょうど着替え終わった中田さんが、更衣室から出てきた。

さっぱりとしたショートカットに、細身のスタイル。配達の時はそこまで意識してみていなかったが、こうして見ると、中田さんもかなり綺麗《きれい》な女性だと思う。

「！　お、来たな真樹ぃ。今日からしばらくは一緒にシフト入って仕事教えていくから。ビシバシ行くから覚悟しておきなよ？」

「は、はい。よろしくお願いします、中田さん」

「泳未でいいよ。せっかくこれから一緒に働くんだし、もっと気さくにね。私もこれからは君のこと、さっきみたく呼び捨てにするし」

「えっと、それじゃあ、泳未先輩で」

「お、いいねその響き。じゃあ、これからはそれでいこうか。ほれ、とりあえず、とっと制服に着替えておいで」

ぽん、と背中を軽く押されて更衣室に入る。すでに俺のロッカーも決められていて、『前原』の名札が貼られたところに、自分の鞄《かばん》と制服を入れて、お店の制服に袖を通した。

「……うん、まあ、こんなもんかな」

新品の匂いがする制服と、ロッカーの中に予《あらかじ》め置かれてあった黒い帽子を目深にかぶり、部屋にある小さな姿見で自分の格好を確認する。

なにもかもが初めてなので違和感がすごいが、それも、働いていくうちに慣れてくることだろう。何事も経験だ。

「――お待たせしました。改めて、よろしくお願いします。泳未先輩」

「うん。それじゃあ、まずは簡単なとこから始めよっか」

ということで、調理や接客対応の前に、まずは店内の清掃や食材の補充などから教えてもらうことに。

実際に働いてみて初めて分かることだが、簡単に思える仕事でも、きちんとやろうとすればするほど、事細かにチェックしなければならないし、大変なことも多い。

油汚れのひどい調理器具の手入れや、害虫対策、廃棄物の処理など、ちょっとやっているだけであっという間に時間が経ってしまう。

これをほぼ毎日、しかも、接客や調理その他仕込みを担当しつつ、空《あ》いた時間でやっていかなければならない……確かにこれは大変な仕事だ。

「とりあえず、真樹にやってもらう仕事の最初の流れはこんな感じかな。出勤したら最初の三十分で店内の清掃をあらかた済ませちゃって、それが終わったら、昼の間で少なくなった食材の仕込みと、それからあとは出前の電話対応とか、直接来店する人たちの対応を担当してもらう感じ。最初のうちは掃除と食材の仕込みだけでいっぱいいっぱいだろうけど、慣れたら調理とかも含めて全部出来るようになるから。私もそうだったし」

「……はい、が、頑張ります」

二月中は泳未先輩が一緒にシフトに入って色々教えてくれるそうだが、三月以降は別々になるそうなので、しっかりとマニュアルを叩《たた》き込んでおかないと。

……働くって、本当に大変だ。

今日はとにかく食材の仕込みを頑張ってもらうということで、泳未先輩に仕込み用の道具の使い方を教えてもらいながら、少しずつ与えられた仕事をこなしていく。

「泳未先輩、ここはこんな感じでいいですか？」

「うん。へえ、高校生なんて包丁もまともに握ったことないだろうと思ってたけど、なかなか上手《うま》いじゃん。もしかして、普段から自分で料理作ったりしてんの？」

「はい。母親の帰りがいつも遅いので」

「そっか、偉いね～。私は家に帰ったらもう全然だから、毎日出来あいのモンばっかだよ。ねえねえ、今度の休みとか、料理作りに来てよ～、報酬は色々弾むからさ～」

「あはは……勤務時間外のことは、すいませんがお断りしますね」

「お、なんだ～、後輩のくせになまいきだぞ～このやろ～」

この店では初めて出来た後輩が俺らしく、泳未先輩は積極的に俺に絡んでくる。

最初に話した時から割とフランクな性格だとは思ったが……優しく指導してくれているので俺としては感謝しかないものの、それにしても、先程からボディタッチが多いような気が。

ちょっと戸惑うが、大学生なら、このぐらいが普通なのだろうか。

黙々とやる仕事が向いているのか、１時間ほどで必要な分の仕込みが全て終わったので、次は中田さんや店長の近くで調理風景を見せてもらうことに。

「一応全商品のマニュアルは店長が作ってくれてるけど、忙しい時はそれ見ながらだと捌《さば》ききれないから、とにかくやっていくうちに覚えるしかないね。あ、大丈夫、ちょっとぐらいミスして具材入れ忘れても、チーズいっぱいのっけてやれば大体バレないから」

「中田クン、一応そういうのは僕がいないときに話してね……まあ、僕もたまにやるんだけども。前原君、あんまり悪い先輩に感化されちゃダメだよ」

「は、はあ……」

そんな軽口を叩きつつも、二人は注文の商品を手際よく調理して仕上げていく。予めカットされているサイズ別のピザ生地に注文ごとに異なるソースや具材をのせて、ピザを焼く専用の調理器具の中へ。焼いている間にその他のサイドメニューを仕上げて、配達担当の人に出来立ての商品と伝票を渡していく。

「はい、これでよし、と。ウチ、メニューは多いけど、よく出る商品は実はそんなにないから、まずはウチのメイン商品だけ覚えて、その他はマニュアル見ながらやってく方法でいいと思うよ」

「ですね。全部覚えるより、そっちのほうが楽でよさそうです」

次回出勤から中田さんと一緒に調理をやるとのことで、本日はキッチンにいくつも並べられたピザソースや食材の種類を覚えることに。

どの位置にどの食材が入っているのかは予め決まっているから、トマトは冷蔵庫①の上段のスペースの右側、バジルはその下の一番左……といったように、注文が入った瞬間に、さっと動けるようになるまで頭と体に慣れさせる。

人と接するのはまだ苦手だが、こういう暗記系は嫌いではないので、中田さんや店長から説明を受けた間にとったメモとにらめっこしつつ、まずは、どの場所に何が入っているかを覚えていくところから始めることにした。

「う〜ん……どうしても時間の制約があるから、前原君……というか高校生のアルバイトをとるのは正直迷ったけど……やっぱり中田君の意見を聞いて正解だったみたいだね」

「でしょ〜？　真樹って、性格は大人しめだけど、包丁さばきは手馴《な》れてるし、頭も悪くないし。後は、なんといっても彼女持ちなとこね。そこはやっぱ評価に入れないと」

「彼女持ちに対してなぜそこまでの信用が……？」

泳未先輩の基準がよくわからないけれど、どうやら正直に白状したのがいい方向に転がってくれたようだ。

店長は『採用には影響しない』とは言ってくれたものの、仕事ぶりは評価している中田さんの意見も無視はできないわけで。

社会は基本理不尽だけれど、たまにはいいほうに働いてくれたりもする。

そう考えると、意外に捨てたものでもないのかもしれない。

電話で注文のあったメニューの調理を全て完了させて、三人で一息ついていると、

——ピンポーン。

と、来客を告げるチャイムが店内に響いた。

「お、ちょうどいい所にお客さんが。真樹、せっかくだから、レジ作業も兼ねて接客もやってみようか。最初は私がやるから、後ろで見てて」

「は、はい」

泳未先輩の後について、調理室から店内のレジカウンターへ。

「いらっしゃいませ〜。お持ち帰りですか？」

「い、いらっしゃいま……って、あれ？」

初めての接客ということで、それなりに緊張してレジ前に出たものの、カウンター越しに立っていたのは、馴染《なじ》みの顔だった。

「真樹君、えへへ、来ちゃった」

「おお、委員長がちゃんと制服着て仕事してる。なんかウケるんだけど」

「……よっ」

俺にとっての初めてのお客さんは、海たちいつもの女子三人組である。

今日が出勤日であることは当然皆知っているので、もしかしたらと思っていたが……ほっとはしたものの、ちょっとだけ肩透かしを食らった気分。

「お？　なになに？　この子たち、真樹の学校のオトモダチ？」

「はい、三人とも俺と同じクラスで……皆、来るんなら言ってくれてもよかったのに」

「ごめんね真樹君、冷やかしで行くのは良くないかもって思ったんだけど、私たち皆気になっちゃって。……ところで、隣の人は先輩さん？　すごく綺麗なお姉さんだけど？」

わざとからかうように、天海さんがにっこりとした笑顔で訊《き》いてくる。

……そして、さっきから俺のことをジト目で見てくる海のことが怖い。

「どうも〜、今日からこの子の指導役やってます中田っていいます。現在大学二年生の十九歳、ちなみに彼氏募集中」

「え、そうなんですか？　すごい美人なのに……あ、なるほど、委員長ってば、そういうことか〜。条件がいいとかなんとか言って、結局はこれが目当てだったワケだ？」

「い、いや、中田さんのことは知ってたけど、それで決めたわけじゃ……」

「ん？　中田さん？　おいおい真樹ぃ、私のことは泳未と呼べと言ったばかりでしょ？　それとも、何か後ろめたいことでもあるのか〜？」

「いや、確かにそうなんですけど、お客さんの前で内輪ノリはやめたほうが……」

天海さんがふざけて来たのをいいことに、新田さんも、そして、察しの良い泳未先輩も次々と乗っかってくる。

ばか、という海のつぶやきが耳に届いて、なぜか心が痛い。

俺、何も悪くないはずなのに。

「とにかく、お店に来たからにはちゃんと注文をお願いします。はい、これメニュー」

「ありがとー。海、ほら、せっかくだから真樹君に作ってもらおうよ。どれにする？」

「ったくもう、皆して調子いいんだから……それじゃあ、照り焼きチキンで」

「了解。今から用意するから、そこの椅子におかけになって少々お待ちください」

PIZZA ROCKET
PIZZA ROCKET

三人から注文分のお金を受け取って、泳未先輩から教えてもらった通りに会計作業を済ませる。最初のお客さんが友達ということで締まらない空気になってしまったが、その分、ゆっくり作業しても問題ないのはありがたい。

「それじゃあ、調理は店長に教えてもらってね。私はちょっとこの子たちとお喋《しゃべ》……じゃなくて店番してるからさ」

「別にお喋りでもいいですけど、店番のほう、よろしくお願いします」

海たち三人といったいどんな話をするのか気になるところだが、とにかく今は仕事だ。せっかくの機会なので、特に天海さんと新田さんには俺の経験の糧となってもらおう。

店長に事情を説明してから、俺は指示通りに注文の品を作っていく。

ピザ生地はサイズ別にすでにカットされているものが用意されているので、後は店長が教えてくれる通りに、ソース、具材、そしてチーズやその他のトッピングをのせて焼いていく。

「前原君、チーズちょっとだけ乗せすぎかな。今回はサービスでいいけど、一応、気を付けてね」

「は、はい」

いつもは食べているだけで気付かなかったが、食材のグラム単位の厳守や、見栄えのするトッピングの仕方を常に意識したりと、考えなければならないことは意外に多い。

店長に出来栄えを見てもらい、しっかりＯＫをもらってから、配達にも使っているいつもの見慣れた箱にピザを入れ、その他に注文のあったドリンクと一緒に袋に入れて、再びレジ前へ。

「お待たせしました。ご注文の照り焼きチキンピザＭサイズと、カロリーゼロコーラ三つです」

「お、来たね。それじゃあ、私はさっさと持ち場に戻ることにしますか。真樹、後のことはよろしく」

三人とそれぞれ別れの挨拶を交わした後、泳未先輩は颯爽《さっそう》と調理場へと戻っていく。

（真樹、海ちゃん、いい彼女じゃん。大事にしなよ）

すれ違いざま、俺の肩にポンと手を置き、そう小声で言ってくる。

さすが泳未先輩とでも言えばいいのだろうか、海ともきちんと打ち解けてくれたらしい。

「……海、泳未先輩とどんな話してたの？」

「ん～、秘密かな。強いていうなら、女同士の話ってとこ」

「まあ、悪い話じゃないなら、それでいいけど」

仕事が終わったらすぐに海に連絡することを約束し、商品を受け取った彼女たちと別れて、俺もすぐに調理室へと戻る。

「真樹、ちょっとオニオン足りなくなってきたから、追加で仕込みお願い」

「はい、わかりました」

「前原くん、仕込みしつつで悪いんだけど、こっちの調理の補助もお願い。チキンとかポテトとか、揚げるだけの簡単なヤツだけでいいから」

「了解です」

時間は夕方の６時前ということで、店にはひっきりなしに電話がかかってくる。

平日の勤務は夜８時までなので、俺もここからもうひと踏ん張りだ。


「つ、つかれた――」

思った以上に繁盛していたピザロケットでのアルバイトを終えた俺は、暗い道を一人歩いて家路を急いでいた。

さっきまで気を張って作業をしていたせいか体がやけに熱く、二月の強く吹く冷たい風も、今はあまり気にならない。

緊張の糸が切れて、今はとにかくベッドに横になりたい気持ちでいっぱいだった。

16時～20時までの約四時間の勤務だが、疲労感は、一日学校でみっちり授業を受けた時のものとは比較にならないほど辛《つら》い。

「慣れればすぐ楽になるよって泳未先輩は言ってたけど……本当かな」

全ての業務において手の抜きどころを覚えれば、俺もいずれは流れるように作業ができるのだろうが、今日やった仕事はあくまで求められた部分の一部で、次の勤務以降も覚えるべきことはたくさんある。

それに、今日はまだ大丈夫だったけれど、いずれは嫌なお客さんの接客や、理不尽なクレームにも対応していく必要も出てくるはずだから……職場の戦力になれるのは、まだまだ全然先の話になりそうだ。

『(前原)海』
『(朝凪)お』
『(朝凪)お疲れ』
『(朝凪)どうだった?』
『(前原)つかれたねむい』
『(朝凪)ふふ、そっか。今日、頑張ってたもんね』
『(朝凪)明日も学校だし、早く帰って寝なね』
『(前原)そうする。でも、この分だと疲れて寝過ごしちゃいそう』
『(朝凪)大丈夫。明日ちゃんと朝起こしに行ってあげるから』
『(朝凪)まったく、いつまで経《た》っても真樹は甘えん坊さんだなあ』
『(前原)甘えん坊同盟だったろ、俺たち』

『（朝凪）　あ、そういえばそうだったね。私たち』


海とやり取りしているうち、ようやく緊張で強張《こわば》った体がほどけていくのを感じる。

今日は週末ではないので、すでに海の門限は過ぎているが、こうしてメッセージをやり取りしているうち、海に甘えたい欲がどんどん高まってくる。

今日のことを、海の近くで、もっと色々話したい。

大変だったこと、意外に興味深く楽しめたこと、それから店長のことや泳未先輩のこと。

今日のうちに話しておかないと、俺はきっと『別に大したことない』とかなんとか言って格好つけてしまいそうだから。

今から海に電話してみようか——そう思いつつ、ちょうど自宅マンションのエントランス内に入ると、

「——真樹っ」

「え？」


俺の帰りを待っていてくれたのか、俺の姿に気づいた海が、ぱあっと、花が咲いたように笑って、俺の元に駆け寄ってきた。

ちょうどお風呂に入ってきたのか、いつもの甘いシャンプーの香りが、ふわりと俺の鼻をくすぐってくる。

「真樹、おかえり。うわ、すごい眠そうな顔してんじゃん。大丈夫？」

「なんとか。いや、でもその前にどうして……」

「びっくりした？　えへへ、実は真樹のバイトのことお母さんに話したら、これ持っていってあげなさいって言われて。おすそわけ。ご飯、これからだよね？」

海が手に持っていた包みを解くと、空さんが作ったであろう料理の詰められたタッパーがいくつもある。鳥の手羽元と大根の煮物や、ひじきの炊き込みご飯で握ったおにぎり、それからサラダなど、年末滞在時にも食べさせてもらったことのあるもので、俺がどれも『おいしい』と空さんに言ったものだ。まだ温かいので、レンジで温めなおす必要もない。

「……食べる」

「うん。私が準備してあげるから、真樹はその間にお風呂ね。頑張って、すごい汗かいてるみたいだし」

「そうさせてもらうけど、今日は門限、いいのか？」

「本当は良くないんだけど、今日ぐらいはね。初めての仕事な上に慣れないことして疲れてるだろうから、いっぱい労《ねぎら》ってあげたいなって。もちろん、明日は学校だからお泊りはダメだけど」

「明日が休みでもお泊りはダメだから……」

とはいえ今から少しの間は海と一緒の時間を過ごせそうなので、そこはかなり嬉《うれ》しい。

帰宅途中までずっと感じていた疲労も、海のおかげでいくらか楽になった気がする。

ただ、あくまで楽になった『気がする』だけで、もちろん、ちゃんと休まないとつい先日のように体調を崩してしまうので、ついでに遊ぶようなことまではしないが。

「ただいま」

「おかえり。……って他人の家のコの私が言うのもなんかヘンな感じだけど」

「それもそうだな……ふふっ」

俺と海でそれぞれそんなことを言い合いつつ帰宅し、海は俺の分夕食の準備、俺は海に言われた通りお風呂へ。

浴槽にお湯を張ってから服を脱ぎ、下着のシャツをさりげなく嗅いでみると、普段の汗の匂いとは別に、お店の調理場の匂いが付いているような。これも自分なりに頑張った証《あかし》ということか。しっかりと洗い流しはするけれど。

「……ふう」

ちゃぽんと肩まで湯船の中につかり、大きくひと息つく。

日中はいつものように授業を受けて、それが終わってからはバイト先で夜まで労働に励んでと、おそらく、今日が最も、俺の人生の中で一番働いた日になるだろう。

改めて、こんなことを毎日夜遅くまで、しかもひどい時は日付が変わっても頑張っている母さんのことを尊敬する。

……今後はもう少しだけ、朝寝坊する母さんに優しくしてあげないと。

「――真樹、タオルと着替え、洗濯機の上に置いておくから」

「あ、うん。ありがとう海」

「どういたしまして。ご飯の準備は大丈夫だから、ゆっくり上がっておいでね」

パタパタと軽快にスリッパの音を鳴らしつつ、海がキッチンへと戻っていく。

「……なんかいいな、こういうの」

浴室のすりガラスの向こう側からの物音を聞いていると、なんだかとても安心した気持ちになってくる。

今、自分は一人ぼっちではない。誰よりも身を案じてくれ、俺の帰りを迎えてくれる人がいる。

それが大好きで仕方がない彼女なのだから、俺は本当に幸せ者だ。

全身をボディソープで入念に洗い、少し長くなった髪の毛の汚れをシャンプーでしっかりと綺麗《きれい》にする。

「……そういえば、結構長くなったな、髪の毛も」

シャンプーの泡を洗い流した後、目にかかった自分の前髪を見る。

いつもならこのぐらいではカットしないものの、アルバイト先のことも考えると、早めに美容院に行ったほうがよさそうだ。ただ、人に髪の毛を触られるのが苦手なので、よほどのことがない限りは行かないのだけれど。

「――あ、いい匂い」

入浴を終え、海の用意してくれた寝間着に着替えてリビングへ行くと、海の用意してくれた料理のおいしそうな匂いが空腹の俺を出迎えてくれる。

「お、さっぱりしてきたみたいだね。ご飯、ちょうど用意できたから一緒に食べよ」

「一緒に……って、もしかして、先に食べてきてなかったのか？」

「うん。あ、先にちょっとは食べたんだけど、でも、真樹が頑張ってるのに、私一人がご飯食べるのも嫌だなって思って、あんまり食べられなかったの。でも、さっき準備してるうちにどんどんお腹空《なかす》いてきちゃって……えへへ」

お腹をさするようなしぐさを見せて、海は頬《ほお》をほんのりと染めてはにかむ。

タッパーに入っている量が少し多いかなとは思っていたが、もしかしたら、予《あらかじ》め二人で食べることも考えて空さんが用意してくれたのかもしれない。

その証拠に、二人分のお皿にちょうどいい分量で盛られている。

「……そっか。まあ、海の前で俺一人食べるのもなんだか寂しいし、それなら一緒に食べようか」

「うんっ」

海が温め直してくれた料理＋自分たちで用意したインスタントのお味噌汁《みそしる》をつけて、俺と海のささやかな夕食が始まった。

海と食事をするときはほとんど出前で頼んだものばかりだから、こうした料理を俺の家で食べるのはなかなか新鮮である。

「これ、おいしいな」

「ね。お肉はホロホロだし、お酢で煮てるから味もさっぱりだし」

「ご飯にも合うしな。うん、このおにぎりも美味《おい》しい」

「お、そう？　実はこの炊き込みご飯、私が作ったんだ。といっても、私はちょっと材料切るの手伝っただけで、味付けとか仕上げは全部お母さんだし、調理は炊飯器にお任せなんだけど。あ、おにぎりはちゃんと私が握ったからね」

「そうだったんだ。まあ、美味しければ俺は何も気にしないよ」

「おにぎりの形が不格好だねって言っても別に怒らないよ？　おう正直にコメントしろよ逃げるなやコラ」

「え～っと、あ、愛情、を感じる形ですね……もちろん味のほうも」

「はい失格」

「いでっ！」

嘘《うそ》はなるべくつきたくない俺の必死のコメントだったが、能面のような怖い笑顔の海にデコピンされてしまった。

誓って馬鹿にはしていないし、海が握ってくれたと聞いてさらに味が美味しくなったような気がしたのも事実なのだが。

彼女が出来ても、やっぱりコミュニケーションは難しい。

「もう、バカなこと言ってないで、早く食べちゃお。私も今日のところは早めに帰らないといけないし」

「うん。俺も今日は早いとこ寝なきゃ」

今日はいつものように家まで送らなくてもいいそうなので、ご飯を食べたら後はもう寝る準備だけだ。

仕事の疲労と、美味しいご飯でお腹が満たされて、すぐにでも眠ってしまいそうだ。

海と会って話したかったことも、食事中に全て話すことができたし、今日のうちにやり残したことはない。

「真樹、私、そろそろ帰るね」

「うん」

食事の片付けを終え、お腹を休ませるため三十分ほどコタツでまったりした後、自宅へ帰る海をエントランスまで見送る。

「真樹、今日はここまでいいから」

「……うん、じゃあ、気を付けて」

入口から出た所で、お互いに指を絡ませていた手をゆっくりと解《ほど》く。

いつものことだが、海と一緒にいると、ついつい『もう少しだけ』と思ってしまう。

もう少しだけ一緒にいたい、もう少しだけ手を繋《つな》いで、なんでもないことを話して笑い合いたい。

もう少しだけ、大好きな人の体温を、肌のやわらかさを、匂いを感じていたい。

あまり我儘《わがまま》が過ぎるのは良くないことは、わかっているけれど。

「……海、その、今日はありがとう。おかげでまた明日からも頑張れそうだ」

「ふふ、真樹ってば大袈裟《おおげさ》なんだから。でも、そう言ってくれて私も嬉しいよ。私の方こそ、頼ってくれてありがとね、真樹」

最後にもう一度抱きしめあって、明日の朝まで会えない分の海成分を補充する。

海のおかげですっかり甘えん坊になってしまった俺だが、海の前でだけは、きっとこれでいいのだ。

「……真樹、来週、バレンタインだね」

「そういえばもうそんな時期か……なんかあっという間に時間が過ぎてっちゃうな」

「うん。楽しい時間は、本当にあっという間」

だからこそ、これからも後悔のない日々を海と一緒に楽しく過ごせればいいと思う。

……海の手作りチョコレートの出来だけは、ちょっとだけ心配だけれど。

4. あまいあまい二人の時間

勉強にアルバイトにと、目の前のことを一つ一つこなしていくうち、いつの間にかバレンタインデーはすぐそこまで来ていた。

今日は週末の金曜日で、バレンタインデーは明日の休日なのだが、やはり人によっては今日渡してしまう人もいるのか、いつもの通学鞄とは別に、やけに綺麗なデザインの紙袋を持っている女子生徒をちらほらと見かける。

そして、いつもの通学メンバーである俺たちの中にも。

「はい、委員長。スーパーで買ったお徳用のピーナッツチョコだけど、欲しいならあげる」

「どうも。それより新田《にった》さん、結局クラスの皆に渡すことにしたんだ」

「まあ、一年近く一緒にいるわけだからこのぐらいはしないとかなって。あ、お返しは遠慮なくやってくれていいから。高いヤツ頼むわ」

「わかった。じゃあ、こっちもお徳用のビスケット一枚にしておくよ」

ずっと持っていても仕方ないので、もらったそばから包装紙をとって、チョコレートを口に放り込む。

口の中で溶けて広がるミルクの甘さとチョコ特有の香り。

こういうのを食べるのは久しぶりだが、たまに食べると、安っぽいものでもそれなりに美味しいと感じる。

「えへへ、私と海《うみ》からの分は、明日ニナちも入れて三人で作るから楽しみにしててね。こういうの二年ぶりだから、私、すっごく楽しみにしてるんだ！　ね、海？」

「い、いちいちこっちに振らなくてもわかってるから……」

今日は朝から迎えにきてくれたのでずっと一緒にいるが、その時から、やけにテレビのバレンタイン特集などを気にしていたりと、海はどこかそわそわと落ち着かない様子だ。

「海、もしかして、何を作るかはまだ決まってない感じ？」

「うん。あんまり難しいものつくっても上手くいかないだろうし、簡単なものにしようかなとは思ってるんだけど……」

「真樹《まき》君と過ごす初めてのバレンタインデーだから、やっぱり美味しいって言ってもらいたいもんね？　そうでしょ、海？」

「そうだけど……わ、悪い？」

「ううん、全然。むしろ今の海、すっごく可愛《かわい》いと思う。ね、真樹君もそう思うよね？」

「それはまあ……うん」

個人的にはどんなものをもらっても嬉《うれ》しいし、仮に簡単なものだったとしても、海が作ってくれたものなら美味しくいただけると思う。

もちろん、頑張って手の込んだものでもそれは変わらないし、その分だけ、明日は労《ねぎら》ってあげたい。

ともかく、明日が楽しみだ。

翌日の土曜日、バレンタインデー当日。

俺は朝からずっとそわそわとした気持ちで海から連絡が来るのを待っていた。

先日から話を聞いていた通り、現在、海は天海《あまみ》さんの自宅で、新田さんも含めた三人で、皆で食べるチョコレートを作っている最中である。

三人で一つの何かを作るのか、またはそれぞれで違うものを作るのかは秘密だということでわからないけれど、作ったものはなぜか俺の家で食べることになっているので、飲み物の準備ぐらいはしておかなければならない。

といっても、コーヒーや紅茶、あとはもしもの時のために緑茶ぐらいのものだが。ミルクや砂糖も、一応新しい袋をあけて用意することに。

ということで、迎える側の俺のやることは、それであっという間に終わってしまった。

「……暇だ」

テーブルやキッチンの片づけを終えて、リビングのソファでぼーっとしながら、スマホのメッセージアプリを開き、少し前にやりとりしたばかりの会話を遡っていく。

顔を合わせて記憶に残らないような無駄話をするのも好きだが、こうやって、アプリに記録として残る会話をふとした時に読み返すのも好きだ。

ただ、これをやっていると、必ずといっていいほどその時の楽しい気分を思い出してニヤケてしまうので、こんなふうに一人の時でないと恥ずかしくて出来ないのが欠点である。


『(朝凪《あさなぎ》)　おはよ』

『(前原《まえはら》)　おはよ』

『(前原)　まだ8時過ぎだけど、もしかしてもう準備始めてる？』

『(朝凪)　うん。今はもう夕《ゆう》ん家』

『(朝凪)　9時になったら、足りない材料を買い出しに行く予定』

『(前原)　そっか。で、何作るかは決めた？』

『(朝凪)　うん。昨日真樹とゲームしてるときに閃《ひらめ》いてさ』

『(朝凪)　それにしよって』

『(前原)　昨日俺たちがやったのってホラーゲームなんですけど……それで閃くメニューとはいったい』

『（朝凪）ゲームとは関係ないよ。その時なんとなく閃いただけで』

『（朝凪）まあ、真樹にはまだ内緒だけどね』

『（前原）出来たら持っていくから、それまでのお楽しみ』

『（朝凪）大丈夫かなあ……』

『（前原）じゃあ、温かい飲み物用意して待ってるよ』

『（朝凪）うん。それじゃ、ミルクと砂糖マシマシでよろしく』

『（前原）……チョコなのに？』

『（朝凪）そ。チョコなのに』

『（朝凪）お昼ぐらいには行けると思うから、もうちょっとだけ待っててね』

『（朝凪）バイトに勉強に頑張ってる真樹のために、腕によりをかけて作るから』

『（前原）ん。了解』


最近はチョコでもカカオの含有量が多い苦みの強いものが市販されているから、もしかしたら、そういった類の物を作るのかもしれない。

俺たちはまだ高校生の子供だが、たまにはそうやって背伸びしたくなる時もある。

「ん……？」

海の言いつけ通り、首を長くして彼女が来るのを待っていると、突然、とある人からの通話が入ってくる。

【中田泳未《なかたえみ》】

先輩とは初出勤の時に連絡先は交換したが、実際にこうしてかかってきたのは初めてである。

泳未先輩は確か今日は午前中から出勤だったはずなので、何か仕事でやらかしたことでもあっただろうか……そう思い、すぐさま通話ボタンをタップする。

「はい」

『お、ワンコールで出るなんて、感心感心。さすが私の後輩』

「ちょうどスマホが近くにあったので……ところで、どうかしましたか？」

『ん？　別に。今ちょうど休憩中で、ヒマだったからちょっと電話してみただけ……っていやいや、冗談っ、冗談だから。そんな『なにコイツうぜえ……』みたいな無言の反応しないでっ』

「もう……まあ、俺もちょうどヒマでしたから、別に構わないんですが」

どうやらお店を運営している大元の会社に提出する書類があり、新しくアルバイトとして勤務することになった俺の欄について、いくつか確認したいことがあったらしい。

住所や緊急時の連絡先など、忙しい店長に代わって連絡してきてくれた泳未先輩に伝えていく。

「ところで、今日は『例の日』だけど、真樹後輩はあの心配性な可愛い彼女とデートとかしたりすんの？」

「そうしたいところなんですが、ちょっと持ち合わせが足りなくて……お給料は来月にならないと入ってこないですし」

アルバイト先の給与計算は、確か月末締めの翌20日払い（店長談）なので、二月から働き始めた俺の初給料は春休み直前になる。

もともと海のプレゼント代のために始めたので問題ないのだが、それまではわずかに残ったお年玉やお小遣いでなんとかやりくりしなければならない。

「先輩、お暇なら、ちょっと訊《き》いてみたいことがあるんですけど」

「ん？　なになに？　もちろん、全然構わないよ。生年月日に住所、スリーサイズに、私生活の愚痴を呟《つぶや》くためだけの鍵アカまで、聞きたいことなんでも教えてあげる」

「それは全部遠慮させていただきます」

『え～？　もう、相変わらず真樹は真面目だな～。まあ、そういうとこも可愛いから悪くないとは思うけど。で、なに？』

「はい。その……先輩はバレンタインの日、どんなふうに過ごしてたのかなって、ちょっと気になりまして」

まだ一緒に働き始めたばかりで泳未先輩のことはまだよく知らないけれど、整った容姿や明るい性格もあって、少なくとも俺たちよりは色々と経験しているだろう。

バレンタインでもなんでも、その日をどう過ごすのかは当人たちの自由だが、一応、先輩の女性としての意見も参考にしておきたくて。

「私？　う〜ん、どうだったかな……去年までは私もそれなりに縁はあったから、毎年何かしら作ってあげて、デートとかご飯とか食べに行ったり、その後いい雰囲気になったらエッチしたりとかもあったけど」

「ぶっ……！」

割とあっけらかんとしている人だなとは思っていたが、そこまではっきりと言われてしまうとさすがに驚いてしまう。

「は……はっきり言ってしまうんですね」

「はは、ごめんごめん。私もちょっと言い過ぎたかも。けど、曲がりなりにも付き合っていればそういう機会はあるわけだし。それなら心の準備しておいた方が損ないでしょ？」

「それは……一理ありますけど」

まだ付き合い始めて二か月経《た》ってないので、そういうことを考えるのはまだずっと先の話だと思っていたが、恋人である以上、何がどうなるかはわからない。

今日のバレンタイン、来月のホワイトデー、そして再来月には海の誕生日とあるので、そこでより甘い雰囲気になって、じゃれ合っているうち、泳未先輩の言う『いい雰囲気』

にならないとも言えないのだ。

今はまだ海と一緒にくっついているだけで十分満たされてはいるけれど、それに慣れてくれば、いずれ『もっともっと』とより深い関係を求めたくなってくるはずだから。

『まあ、結局どうするかは真樹と海ちゃん次第だけど……もし、そういう空気になった時は、ちゃんと男の子のほうからお誘いしてあげること。少なくともそっちのほうが、女の子としては恥ずかしくなくていいかなって、私は思うかな』

「……なるほど」

俺たちがじゃれつく時、普段は海のほうから来てくれることがほとんどで、それで海は楽しそうにしているけれど、いざという時はきちんと俺の方から意志表示して、海にだけ恥ずかしい思いをさせないように、ということか。

今日は海だけでなく、天海さんや新田さんもいるので、さすがに俺も海も自重するだろうが、来月以降はこの限りではないので、今後の心構えとして、泳未先輩の話は参考になってくれたと思う。

ふと思い立って訊いてみたわけだが、相談してよかった。

『それじゃ、そろそろ休憩時間終わりだから、持ち場に戻るね。もし最中の途中でお腹《なか》がすいたら、いつでも電話しておいで、大人の階段を一つ登った後輩君のために、特別にトッピング色々サービスしてあげるから』

「先輩の言ってることがよくわかりませんが、注文の際はよろしくお願いします」

泳未先輩からの通話を切って、座っていたソファにごろりと寝転がる。

「でも、そっか……恋人同士なんだから、そういうことだってするよな」

今までぼんやりとしか考えていなかったことが、先程の話で、はっきりと輪郭をもったような気がする。

いつもではないけれど、俺は海のことをエッチな目で見ている。これはもう疑いようのない事実だ。

海は可愛《かわい》いし、スタイルもいいし、俺の前でだけは無防備な姿を見せてくれる上にスキンシップも多いから、男としてはついつい視線がきわどい所に行ってしまうし、一人の時はよからぬ妄想をしてしまうこともある。

海は、俺とそういうことをすることに対して、どんなふうに考えているのだろう。

雰囲気に任せるのか、ある程度タイミングを決めているのか、そもそも行為に対して抵抗があるのかないのか。

いや、その前に。

「今の俺、大分キモいな……」

泳未先輩に余計な話を振ったのは俺なので自業自得なのだが、一人でいる時間が多くなると、わりとこうして悶々《もんもん》となってしまう。

そのぐらい、俺は海のことが大好きになってしまったらしい。

「……それにしても、海、遅いな」

泳未先輩と話したり、一人でソファに寝転がって悶々としているうちいつの間にか昼の時間を迎えているが、今のところ、海からの連絡は何一つない。

思ったより手の込んだものを作っているのかもしれないが、そうだとしても、時間がかかり過ぎているような。

そう思った瞬間、待ちに待った来客のチャイムが鳴る。

すぐにソファから体を起こして、インターホンのモニター越しに映る彼女の顔を見ようと通話ボタンを押すと。

『あ、やっほー、真樹君。こんにちは』

『おすー。言ってた通り、おすそ分けのチョコ、委員長にも持ってきてあげたよ』

「うん、どうも……えっと、それより、今そこにいるのって二人だけ？」

画面に映っていたのは、もこもこと暖かそうな羽毛の帽子をかぶった天海さんと、いつもとはデザインの違うシュシュでサイドに髪を結っている新田さんだった。

『うん。本当は海と一緒に来るつもりだったんだけど……』

『委員長にあげる分の出来に納得いかないから先に行っててだってさ。今は自分の家に材料持って帰って続きやってんじゃない？』

「そっか……まあ、とりあえず上がって」

詳しいことはこれから二人に話を聞くとして、真面目な海は、自分の設定したハードルを越えられず苦戦しているようだ。

すぐにスマホを開いて、メッセージを送ってみる。

返信はすぐに戻ってきた。

『(前原) 海、大丈夫？』
『(朝凪) もしかして、夕と新奈《にな》、もうそっち行った？』
『(前原) うん。今ちょうど上がってもらうところ』
『(朝凪) 何作ってるか……は、お楽しみだったっけ』
『(朝凪) うん。まあ、別に大したものじゃないんだけど』
『(前原) とにかく、もうちょっとだけ待ってて』
『(朝凪) そっか。わかった。でも、あんまり無理しすぎるのはダメだからな』
『(朝凪) うん、大丈夫』
『(前原) ひとまず夕たちと適当に待ってて。すぐに行くから』
『(前原) 了解、待ってるよ』

やり取りした感じは問題なさそうなので、海が来るまでの間は、天海さんたちの持ってきたチョコレートをおやつにのんびりと時間を潰すことに。

「お邪魔しま〜す。えへへ、文化祭の時といい、期末テストの勉強会の時といい、何気に真樹君の家には割とお世話になっちゃって」

「へえ、そうなんだ。私は委員長の家って何気に初めてだけど。……ふうん、結構片付いてんのね。物は多いけど、ごちゃごちゃもしてないし」

まっすぐにコタツへと向かう天海さんと、遠慮なく部屋を観察して回る新田さんをリビングに招き入れて、準備していた飲み物を二人にお出しする。

天海さんは紅茶、俺と新田さんはコーヒー。天海さんは甘いものが大好きなので、オヤツがなんであろうが、砂糖とミルクをこれでもかとカップに投入している。

「真樹君、改めまして、ハッピーバレンタインっ！　はい、約束通り、今日三人で作ったチョコレート」

「ありがとう。えっと……開けてもいい？」

「うんっ」

きちんとした包装紙で作られた袋を開けて中身を見ると、まん丸とした一口サイズのチョコレートが。

確か、トリュフという名前のチョコレートだったと思う。表面にココアパウダーがかけられていて、口に入れると、ココアのわずかな苦みの後にすぐ、かみ砕いたチョコの中から、とろりとした甘く濃厚な生チョコレートが舌の上で溶けていく。

「ほとんどお母さんとかニナちに手伝ってもらったんだけど……どう、おいしい？」

「……うん。こういうのってあんまり食べないけど、いざ食べてみると、すごく美味《おい》しいもんなんだね。俺、よくコーヒー飲むから、それにも合ってると思うし」

「本当っ？　よかった〜。私たちは美味しい美味しいってあっという間に食べちゃったけど、真樹君の口に合うかどうかはわかんなかったから。ニナち、手伝ってくれて本当にありがとうね」

「ん〜ん、私は不本意ながら毎年作ってたから、無駄に作り慣れちゃってね。デパートとかで売ってる良さげなヤツ買うよりお金もかかんないし、そっちのが本命感出て喜ばれやすいしで一石二鳥だし。今年も予定はあったんだけどなあ……ったくあの○○はマジで……」

勝手にイヤな出来事を思い出して毒を吐いている新田さんはそっとしておくとして、ひとまずは、今この場にいない海の話を天海さんから聞くことに。

さきほど俺がいただいたチョコレートだが、三人で協力して（新田さんメイン）作ったと言っていた通り、海の手もきちんと入っているものだ。

で、一通り三人で食べさせあった後、俺に渡す用として別のものを作り始めて……そうして今の状況になっていると。

「せっかく一緒に居るんだから私たちも手伝うよ、って海には言ったんだけど……『これだけはどうしても一人で頑張りたいから』って、言われちゃって」

「そそ。『これはこうだ』って決めた時の朝凪って、中々意見を曲げないっていうか、頑固者だからね。本人は気づいてないっぽかったけど、目がマジで恋する乙女状態だったから、私も夕ちんも『あ、こりゃ無理だな』って諦めたわけよ」

メッセージでは俺に気を遣っていたのかそれほど真剣味は感じなかったが、二人の話も合わせて考えると、やはり思った以上に頑張ってくれているらしい。

海がそれだけ頑固だということは、彼女にとっても、この日がとても大事なものであると感じている何よりの証拠なので、それについては勿論嬉《もちろんうれ》しいけれど、しかし、同時に『らしくない』と感じる。

付き合い始めてからは俺と一緒にいる時間が多くなっている海だが、それでも天海さんや新田さんといった仲の良い友達のことを放っているわけではない。今日だって、本来なら俺とずっと二人きりで過ごしても許される状況にもかかわらず、それをせずに天海さんたちとの時間も大切にしている。

だからこそ、天海さんたちに『先に行ってて』と言い、協力も断って自分の作業に没頭するというところに、すごくちぐはぐな印象を受けた。

そして、海にそうさせてしまったのは、おそらく俺が原因で。

そうやって頭の中でぐるぐると考えを巡らせているうち、ふと、嫌な予感が頭の中をよぎる。

ふと、浮かんだのは、少し前に海とやり取りした中で、送られてきたメッセージ。

『(朝凪) バイトに勉強に頑張ってる真樹のために、腕によりをかけて作るから』

ここに、海の本音が見え隠れしているような気がして。

「……あれ？」

海にはあまり頑張り過ぎないようういつものように気楽にいて欲しい俺と、俺のために出来るだけ頑張ろうとする海。

「？　真樹君、どうかした？　難しい顔して……」

「あ、いや、別に、なんでも……」

……なんだか、微妙にすれ違っているような。

こうして一人で考えて込んでいるとネガティブな思考に陥りがちなのは自覚しているので、大体の心配事は杞憂《きゆう》に終わってしまうことがほとんどなのだが。

しかし、一つの可能性として浮かんでしまうと、なかなか頭の片隅からこぼれ落ちてくれなくなる。

　天海さんたちは『今の海は恋する乙女だから仕方ない』と大して心配はしていないし、俺もそれに同調して深く考えない方が正解なはず。

　でも、そんな取るに足らない些細《ささい》なことが積み重なってしまうのも良くない。

　そういうのが積み重なって、最後にはダメになってしまった人たちのことを、俺は間近で見てしまっていたから。

「――電話、してみれば？」

「え？」

　ふと顔を上げると、新田さんが半ば呆《あき》れたような表情で言う。

「朝凪のこと心配なんでしょ？　なら、それ直接言いなよ。そこにスマホあんだから」

　なんとか取り繕いつつも、やはり動揺が顔に出ていたのか、新田さんから即座に突っ込まれてしまう。

「うん、私もそのほうがいいと思うな。私たちが出る前もちらっと様子見たんだけど、あんまり上手くいってなくて悩んでたみたいだったから。だから、好きな人の声を聞かせてあげれば、海だってすぐに元気になってくれるよ。なんなら勢いで会いにいっても、海ならきっと喜んでくれると思うし」

「そうかな……とりあえず、心配だから電話はしてみるけど」

海がいないままの三人で居続けるのもなんだか落ち着かないのもあり、ひとまず二人に言われた通りに電話をしてみることに。

いつもより長いコールの後、ようやく海と電話がつながった。

『――真樹？　どうしたの？　もしかして、まだ来ないからって心配してくれたの？』

「まあ、うん。ところで進捗はどう？　うまくやれてる？」

『あ、うん。ちょっと手こずっちゃったけど、もうすぐ出来るところ。だから、もうすぐそっちに持っていけると思う』

「もうすぐ出来る……そっか。それなら、よかったけど……」

俺たちの会話に耳を傾けている二人のほうを見ると、天海さんのほうがスマホの画面を俺に見せてきた。


『(あまみ)　午前中から、ずっとその状態。で、何度も作り直してる』

『(あまみ)　……これは言おうか迷ったんだけど』

『(あまみ)　私も頑張らなきゃ、ってお手洗いで席を外してるときに一人で言ってるの、私、聞いちゃって』


やはり、かなりの頑固モードに入っているようで。

俺が頑張っているから、自分も苦手なことに向き合って頑張る、上手くできる所を見せる——海が考えているのは、こんなところだろうか。

海が努力家なのは知っているし、そんな彼女のことを俺も尊敬しているが、ここまで来るとさすがに無理をしすぎではと思って心配になってしまう。

『真樹？　周り静かだけど、夕と新奈はもう帰っちゃった？　一応、もし遅れたらゴメンねとは、予《あらかじ》め断っておいたんだけど……』

「いや、ちょうど二人とも席外してるだけで、まだもう少しいてくれるって」

『そっか。じゃあ、早い所追い付かないと。二人にも謝らないといけないし』

「うん」

海の声色に変わったところは特にない……と思うが、いつもはワンコール以内に出る通話にしばらく時間がかかったし、それに、つながった直後、わずかに咳《せき》払いをしていたのが聞こえたので、あまり俺に心配させないよう気を遣っているのかも。

「あのさ、海、」

『ん？　なに？』

「えっと……」

こういう時、俺は海にどんな言葉をかけてあげるのがいいのだろうか。

『頑張って』

『楽しみにしてる』

海の気持ちを慮《おもんぱか》るならこうだし、

『無理しなくていいよ』

『上手くいかなくても、俺は気にしないから』

天海さんから事情を聞いたうえでの、今の俺の気持ちを伝えるならこうだ。

『頑張れ』と『無理するな』――同時に伝えると矛盾してしまう言葉だからこそ、困ってしまう。

努力している海のことを応援したい。

でも、それで無理して自分を必要以上に追い込んでいる海のことは見たくない。

電話口の向こうで俺の次の言葉を待ってくれている海に、なんとかして俺の気持ちを伝えるにはどうしたら。


――なんなら勢いで会いにいっても、海ならきっと喜んでくれると思う。


そんな時、さきほどの天海さんの言葉がふと頭をよぎって。

「海、今から、そっち行っていい？」

『……へ？』

気づいたときには、俺はすでに勢いでそう口走っていた。

『今から？　でも、私、今、チョコ作ってて……それに、二人のことはどうするの？』

「もうチョコは全部食べちゃったから、今日のところはお開きってことで俺から謝っておくよ。天海さん、新田さん、申し訳ないけど、それでいい？」

いいよ〜、という声が二人同時に飛んでくる。

海の方にもそれが届いたようで、電話口の向こうから『もう……』とかすかにぼやいているのが聞こえてきた。

「ごめん、海。チョコ作りの邪魔になるのはわかってるけど、それでも海に会いたいんだ」

『それは……その、どうしても今じゃなきゃ、ダメ？』

「……うん、ごめん。俺、海が思ってる以上に寂《さみ》しがり屋《や》だから」

天海さんと新田さんの前で恥ずかしげもなく彼女に我儘《わがまま》を言う姿を晒《さら》しているのを自覚し、かーっと自分の頰《ほお》が熱を帯びていくのがわかる。

でも、ここで引き下がったら、多分、それ以上に情けない思いをしてしまいそうだから。

「海、そういうことだから、今からそっちにお邪魔するよ」

『えっ……ちょ、待っ……あ、お母さんも今日は忙しいから――『ヒマよ〜、真樹君。せっかくだから、遊びにいらっしゃ――』も、もうっ、お母さんってば』

どうやら空《そら》さんも近くで聞いていたようで、これで海の言い訳も通じなくなった。

真樹のばか、と俺の耳だけに聞こえるぐらいの声で呟《つぶや》かれた。

『……来てもいいけど、チョコが完成するまでは待っててもらうからね』

「うん。ありがとう、海」

『どういたしまして。……じゃあ、待ってるから』

そうして、海のほうから早々と通話を打ち切られる。

多分、海も今、空さんの前で頬を赤く染めていることだろう。

「あの、天海さん、新田さん……そういうことなので、今日はこれで現地解散ってことでよろしいでしょうか」

「んふふ、いいよ～。もう、真樹君ってばしょうがないんだから～」

「私ももうやることないし、夕ちんと一緒に帰ろっかな。あ、一応言っとくけど、来月、よろしくね？」

「……ごめん、恩に着るよ」

午前中は海、そして今は俺と、今日は俺たちバカップルに散々振り回された形の二人だったが、それでもこうして嫌な顔一つせず送り出してくれるなんて、なんて良くできた人たちなのだろう。

この二人にはどんなにいじられても、しばらくは甘んじて受け入れるようにしなければ。

通話を終えた後、すぐに三人一緒に自宅マンションを出る。

「行ってらっしゃい。頑張ってね、真樹君っ」

「委員長、彼女のこと、しっかり惚《ほ》れ直させてやれよ〜」

「はは……まあ、頑張ります」

今日のお礼と、それから来月のホワイトデーできちんとお返しすることを約束して、俺は急ぎ足で朝凪家へと向かった。

徒歩で二十分ほどの距離を軽く走り十分ほどで朝凪家に着くと、ちょうど庭でガーデニングをしていた空さんが出迎えてくれた。

「いらっしゃい、真樹君。お部屋はちゃんと片付いてるから、遠慮なく上がっていいわよ」

「はい。お邪魔します」

空さんに軽くお礼を言ってから朝凪家のリビングへ。

香ばしく甘い匂いが漂う部屋のキッチンで、エプロン姿の海がオーブン機能付きの電子レンジの前で、作っている最中であろうチョコレートの出来上がりを待っていた。

「海」

「いらっしゃい、真樹。……そこ、ソファ空《あ》いてるから座ってて。飲み物、なにがいい？」

「走ってきてちょっと暑いから、じゃあ、お水で」

「はいよ。せっかくだし、私も休憩しよっかな」

冷蔵庫から出したミネラルウォーターを透明なコップに注《つ》ぎ、海がこちらへとやってくる。

「海、あの……」

「大丈夫、別に怒ってないから」

そう言って、海は俺の隣に座ると、いつも俺の家でやっているように、手を握り、ぴったりと体をくっつけてくる。

「……ね？」

「うん。我儘聞いてくれてありがとう、海」

半ば強引にこちらに上がり込んだ形なので、怒っていても不思議ではないと覚悟していたが……やっぱり海は俺よりずっと優しい女の子だ。

「ごめんね、真樹。初めのうちは私もここまで頑張るつもりはなかったんだけど……やり始めたら、なんか引き下がれなくなっちゃって」

「……何作ってるかって、もう聞いちゃっていい？」

「うん。テーブルに失敗作まで置かれちゃってるしね。一応、ガトーショコラ、です」

「やっぱりか」

所謂《いわゆる》チョコレートケーキだが、探せばレシピがいくらでもあるとはいえ、料理が苦手な初心者の海にはちょっと難しいお題かもしれない。

テーブルに載っている残骸を見ても、生地が上手く焼けておらず形が崩れていたり、また、一部が黒く焦げてしまっていたりと、食べられなくはないにしても、人に食べさせたり、バレンタインに贈るものにはそぐわない味になってしまっているのだろう。

たまにお菓子作りをする俺ですら、ケーキは出来にばらつきがあって滅多《めった》につくらないから、それを海一人で、しかも天海さんたちや空さんの助けなしに作るとすると、確かにこれだけの試行錯誤もするはずだ。

「ねえ、真樹。私、今すっごいらしくないことしてるよね？」

「うん。してる」

「あはは、そっか。そうだよね……夕と新奈が困ってるのわかってて、それでも変に意地張っちゃってさ。お母さんにも我儘言って、お昼からずっと台所占領しちゃってるし」

時間もそろそろ夕方に差し掛かる頃なので、空さんとしては夕食の支度も始めたいところだろう。

皆に心配をかけているであろうことは、海もきちんと自覚している。

しかし、それでも、出来るだけ納得のいくものを俺にプレゼントしたいという思いが勝っている。

たかがバレンタインで——場合によってはそう呆《あき》れられるかもしれないが、海にとっては、それだけこの日のことを大事にしていたのだと思う。

ただ、そろそろ我儘を押し通すのが難しい時間に来ているのも事実だ。

「……真樹、今焼いてるやつで最後にするから、出来たら味見してくれる？」

「それは全然構わないけど……でも、海はそれでいいの？」

「うん。初心者のくせに最初から完璧にしようって考えたのがそもそもの間違いだし、時には妥協も必要だってのは、私もちゃんとわかってるから」

寂しそうに笑って、海は言う。

せっかくここまで頑張ったのだから最後までやり遂げたい。

しかし、もうこれ以上空さんや俺に心配をかけたくない。

海らしく、最後は冷静に考えて、そう結論を出した……のであれば。

「……わかった。じゃあ、ちょっと遅くなっちゃったけど、おやつにしようか。手伝うよ、海」

「うん。ありがと、真樹」

ひとまずテーブルいっぱいに広げられたチョコケーキの残骸や残りの材料を全て片付け、夕食の準備をする空さんにキッチンを明け渡す。

「真樹、ケーキのお供は何にする？」

「牛乳ってある？　コーヒーでもいいけど、さすがに飲み過ぎはよくないし」

「おこちゃま」

「このヤロ」

ちょっとだけ煽《あお》り合いつつ、二人だけの会話を楽しんでいるうち、焼き上がりを告げるタイマーが鳴った。

「……ん〜、真樹、これどうかな？」

「ちょっと……焦げが目立つかもって、うん」

「だよねえ……時間も分量も、本に書いてあったレシピ通りなんだけどなあ」

しかし、匂いは悪くないし、焦げは表面だけなので、そこを除けば美味《おい》しくいただけるはずだ。

海が作ったので、俺はちゃんと焦げまで含めて食べさせてもらうけれど。

「真樹、えっと……は、ハッピーバレンタイン？」

「あ、うん。それじゃ、いただきます」

海が切り分けてくれたものをぱくり、と口に含んだ瞬間、甘いチョコレートの匂いが鼻に抜け……というところで、後から苦みが徐々に追いかけてきた。

俺はそこまで気にならないが、人によっては嫌がるかも……抱いた感想としては、そんなところだろうか。

俺と一緒に食べた海も、最初はぱっと顔を明るくさせたものの、俺と同じ感想を抱いたのか、徐々に肩をしょんぼりとさせて。

「……海、俺はこれ、好きだよ」

「えへへ、ありがと。でも、やっぱりちょっと悔しいから、次の機会までの宿題かな」

「うん。それなら、また俺も付き合うよ」

今日はあまり上手くいかなかったかもしれないが、こうして経験を積んで腕前を上げていくのがお菓子作りの醍醐味《だいごみ》なので、また次の機会に頑張ってくれればと思う。

そう、一旦時間を置いて、切羽詰まった頭を切り替えた後に。


その後、空さんのお誘いもあって、そのまま夕食もご馳走《ちそう》になることに。

今日の朝凪家の献立はカレーで、もちろん、空さんのもとで料理の勉強をしている海も、下準備とそれから、途中の調理も少し手伝っている。

ちょっとずつだが、海も着実に進歩していた。

「……どう？　おいしい？」

「うん。まあ、カレーだし」

「で、おかわりは？」

「……もらっていいでしょうか」

「えへへ、あいよ～。……ねえお母さん、私たちばっかり見てないで、冷めないうちにさっさと食べちゃいなよ」

にやにやとした表情で俺たちのことを観察している空さんの視線が気になりつつも、俺と海はいつものように夕食の時間を楽しむ。

おかわりをし、ついでに海からも『あ〜ん』してもらって……食べ終わった後には、作り過ぎたからとカレーのおすそ分けももらってしまった。

チョコだけでも十分嬉《うれ》しいのに、今日は色々ともらうばかりでなんだか申し訳ない気持ちになってしまう。

「……よし、と。片付けも終わったし、この後はどうする？　ゲーム？　お風呂？　それとも、ちょっと早いけどもう寝ちゃおっか？」

「なんか泊まる前提になってるような……遅くなっても、普通に帰るから」

「あら、真樹君ったら帰っちゃうの？　もう客間にお布団準備しちゃったのに」

「母娘《おやこ》で泊める気満々なのは大丈夫なんですかね……」

「うふふ、は〜い」

リビングから客間をのぞいてみると、確かに、覚えのある柄の布団が敷かれている。

こういう場合、普通は逆に躊躇《ためら》うものだと思うが、俺の場合はすでに年末に数日泊まって行儀よくしていた実績があるので問題はないようだ。

……まあ、空さんも海も冗談半分でやっているので、あくまで俺が首を縦に振れば、の話ではあるが。

そして、今日泊まる泊まらない以前に、やり残したこともあるわけで。

俺としばらく過ごして、すっかり元の元気を取り戻した海のことを横目に見つつ、俺は空さんへお願いをするべく、あることを切り出す。

「空さん、この後なんですけど、少し台所をお借りしても大丈夫ですか？」

「？　ええ、明日の朝ご飯の下ごしらえも終わってるから、別に問題はないと思うけど……もし何か作るんだったら、お手伝いしましょうか？」

「いえ、今日のところは自分たちだけでやりたくて……俺と海で、さっきの続きを」

「！　……真樹、それって」

「うん。冷蔵庫にある材料、使い切らないともったいないかなって。今日が終わるまではまだちょっとだけ時間もあるし」

少し遅くなってしまったが、ここでようやく俺の本当の気持ちを海へ伝える時が来た。

夕食前に最後と決めて一緒に食べたガトーショコラだったけれど、海の表情はそれで納得しているようには見えなかった。

次の機会までの宿題、と海は言ったけれど、気持ちとしては今日のうちに決着をつけておきたかったはずだ。

頑張り過ぎて無理してほしくない。

しかし、それでも頑張る海のことを応援してあげたい。

誰よりも、彼女の近くで。

「これは俺の我儘《わがまま》になっちゃうんだけど……海、最後にもう一回だけ、俺のためにチョコを作って欲しい。食べて見たいんだ。妥協じゃなくて、海がきちんと納得して、自信をもってプレゼント出来るって思うチョコレートを」

「真樹がそこまで言うなら私は構わないけど……さっきよりもひどい出来になっちゃうかもだよ？　ご飯食べて、集中力もだいぶ切れちゃったし」

「もしそうなっても、海が作ってくれたものなら、俺は全部美味しくいただくよ。デザートにしてはちょっと量が多いかもだけど……それは後で運動なりして調整すればいいし」

思い出が常に甘いものになってくれるとは限らないけれど、俺にとっても海にとっても、恋人になって初めてのバレンタインデーなのだから、最後ぐらいはほろ苦ではなく、甘々な一日で終わりたい。

「……だから、頑張れ、海。今日のことは、俺も一緒に天海さんと新田さんに謝るし、空さんからも後でしっかりお叱りを受けるから」

無理するな、でも頑張れ。

矛盾しているのはわかっている。いいとこどりで都合のいいことを言っているのも。

だからこそ、せめて海の側《そば》で一緒に悩もうと思って、海にも空さんにも無理を言って、今日この場にお邪魔させてもらったのだ。

「あらあら、真樹君ったら随分と青春なこと言っちゃって……海、彼はこう言ってるけど、アナタのほうはどうするの？　ちなみに私はどっちでもいいけど？」

「……そ、そんなの、言わなくたってもうわかりきってるじゃん」

真樹のばか、と呟《つぶや》いてソファから立ち上がった海が、テーブルの椅子にかけてあったエプロンに再び袖を通す。

ヘアゴムで髪を後ろにまとめる海の表情が、再び真剣なものへと変わっていって。

「よしっ、そこまで言うんだったら、残り材料全部使って大きいの一個作ってあげる。約束通り、私の気持ち、ちゃんと受け取ってよね？」

「うん。ありがとう、海。さすがは俺の彼女」

「そうだよ。もう、本当にしょうがない彼氏なんだから」

呆れたように言いつつも、海は嬉しそうに頬《ほお》を緩ませ、てきぱきと調理の準備に取り掛かっている。

やっぱり、こうやって誰かのために頑張って顔をいきいきとさせている海も、俺は大好きだ。

「真樹、アドバイスとかはいらないから、テレビでも見てゆっくりしてて、もちろん、お母さんも」

台所から俺と空さんを追い出すと、海は電子レンジの上に置いてあった付箋だらけのレ

シピ本を開いて、再びお菓子作りへ。

「え〜っと、確かここでこれをボウルに少しずつ……んっ、しょっ」

こうして最初から見ていると、やはり手つきがどことなく危なっかしいのもあって、アドバイスを送ったり、補助ぐらいならと体がつい動いてしまいそうになるが、そこをぐっとこらえて、生地作りに励む海の真剣な眼差《まなざ》しを見つめる。

……海、頑張れ。

心の中でそう呟きつつ、空さんと一緒に、出来上がりをじっと待つことにした。

「生地はさっくりと、あんまり力を入れ過ぎないように……よし、こんなもんかな」

レシピに書かれてあることに忠実に従い、分量通り、途中で変なアレンジなどせずに生地を完成させて、それを、予《あらかじ》め購入しておいたハート形の型に流し込み、予熱しておいたオーブンレンジの中へ。

「——あ〜、腹減った……母さん、ちょっと遅くなったけど、俺にも晩御飯……って、おい海、お前そこでなにやってんの？」

「ごめん兄貴、今、ちょっと相手してあげる余裕ないから、そっちで真樹かお母さんと一緒に話してて」

「もう、ダメよ陸《りく》。海が真剣にやってる時に邪魔なんかしちゃ」

「すいません陸さん、お邪魔してます。俺、テーブルの椅子に座るので、よかったらこっちどうぞ」

「？　お、おう……」

途中、部屋で昼寝かゲームかで夕食時にいなかった陸さんとも少し話しつつ、焼き上がりまでの時間を過ごす。

生地作りやオーブンで焼き上げる時間と合わせて、およそ1時間半ほど。

海がレンジを開けた瞬間、ふわりとした湯気と同時に、チョコレート独特の甘い香りが部屋中に漂う。

「……生焼けもしてないし、表面もいい感じ……よし、これでどうだ」

海と一緒になって出来上がりを覗《のぞ》き込むが、中はしっとり、外側はさっくりと焼かれていて、そこまで焦げている様子は見られない。

そこからしばらく置いて粗熱をとってから、型を抜いて、追加の甘味《あまみ》ということでクリームをのせて……全て合わせるとかなり時間がかかったが、これでようやく完成となった。

夕食後から始めたので、時間はもう真夜中といっても差し支えないが、まだ時計は0時前なので、バレンタインデーは終わっていない。

「お待たせ、真樹。今度の今度こそ、ハッピー、バレンタイン」

「うん。ありがとう、ありがとう海。これから、しっかり食べさせてもらうよ。もちろん、しっかり感想も言わせてもらうから」

空さんと海が俺のことを見つめる中（陸さんはカレーを食べてさっさと部屋に戻った）、お皿に乗せられたハート型のガトーショコラにフォークを入れて、ぱくりと一口。

「……真樹、どう？　おいしい？」

「……」

しっかりとした感想を言うため、じっくり、ゆっくりと咀嚼《そしゃく》して、その他に用意してくれたホットミルクを飲んでから、まずは率直な感想を伝えることにした。

「……美味《おい》しいよ。とても甘くて、俺の大好きな味だった」

一つ前に食べた苦みの強いものと較《くら》べると、今回は逆にミルクチョコレートを食べているような感じで、レシピ本に載っているような、ほんのわずかに舌に残るであろう、所謂《いわゆる》大人の味といった苦みはなかったものの、口当たりもよく、生地がパサついてもっさりすることもない。

もし俺が同じものを作ったとしてこれが出来たとしたら、『今日はちゃんと上手くいってくれたな』と弾んだ気持ちで食べていることだろう。

「真樹君、私も食べていいかしら？」

「お母さんだけずるい、真樹、私もっ」

「うん。さすがに俺一人だとデザートには多すぎるから、皆で分けて食べよう」

残った分を等分に切り分けて、海と空さんもぱくりと一口。

出来栄えのほうは、何も言わずとも、二人の表情が物語っていた。

「あら、すごく美味しいじゃない」

「ホント……今まで全然上手くいかなかったのに、それが嘘《うそ》みたいにちゃんと出来てて……」

分量通り手順通りにやっていても失敗してしまうのが素人のお菓子作りだが、こうして頑張っていれば、いつかはきちんとした出来栄えになってくれる。

俺が側にいたから、応援していたから上手くいったわけではない。

朝からずっと試行錯誤し、失敗してもあきらめなかったからこそ、出来たことなのだ。

「……ありがとうね、真樹。ちょっと時間かかっちゃったけど、これで約束は果たせたよね？　ねっ？」

「うん。海の気持ち、しっかり伝わったよ。ありがとう、海」

「うん……もうちょっとだけ、頑張ってみてよかった」

えへへ、と笑う海の瞳にはうっすらと光るものが浮かんでいて。

今日一日、俺のために頑張ってくれて、彼女には感謝の気持ちしかない。

「でも、俺の我儘のせいで随分と遅くなっちゃったな……すいません、空さん。こんな時間までお邪魔しちゃって」

「いいのよ。いつも仕事でお父さんがいないから、真樹君がいてくれたほうが寂しくなくていいし、賑《にぎ》やかなほうが私も海も嬉《うれ》しいから。また来たくなったらいつでもいらっしゃい」

「はい。今日のお礼は、その時また改めて」

急にお邪魔してしまったにもかかわらず、快く受け入れていただいた上に晩御飯（＋おすそわけ）もご馳走《ちそう》になって、最後にはデザートまで……一か月弱ぶりの朝凪家は楽しくて、出来ればもう少しだけ居たい気持ちはあるが、時間的にはもう真夜中なので、これ以上迷惑をかけることができない。

客間に敷かれた布団を使わないままなのは申し訳ないが、今日はこのまま帰宅を――。

「――ダメ」

と、俺が席を立ってリビングから出ようとしたところで、後ろから海が抱き着いてきた。ちょうど俺の首筋のあたりに顔をすりつけるようにして甘えて、帰宅しようとする俺のことをなんとか阻止しようとしている。

「あの、海さん？」

「…………」

「俺、そろそろ帰らないと、その、もう人によっては寝る時間だし」

「…………」

後ろから抱き着かれたまま、なんとか海のことを説得しようと試みるも、その返答に代わり、海は腕の力をどんどんと強めてきて。

　これを振りほどくのは、なかなか骨が折れそうだ。

「あらあら……年末の時から思ってたけど、海、あなたって真樹君の前だと本当にびっくりするぐらい甘えん坊さんになっちゃうのね。まるで小学生の時のやんちゃしてた頃に戻っちゃったみたい」

「………………」

　空さんに言われても、海は一言も言い返さずに、ただ俺にぴったりとくっついたまま離れてくれない。

　一瞬、引きずってでも家から出ようかと試しに足を一歩前に踏み出してみると、俺が動くのと一緒に海もついてきたので、朝凪家から出て欲しくない、というよりは、俺とまだ一緒に居たいということか。

　……かわいい。

　正直な気持ちを言わせてもらえれば、俺だってまだ海と一緒にいたいし、何の制限もなければこのまま海を自分の家にお持ち帰りしたって俺はまったく構わないけれど……空さんの手前、どうしていいか困ってしまう。

「海、真樹君、困ってるわよ？」

「………………わかってるけど、でも、」

腕の力は徐々に緩んできてはいるけれど、人懐っこい猫のように俺の色々な場所に顔を擦り付けてきて、逆にどんどんと甘え具合が増している気がする。

こうされてしまうと、俺もなかなか海のことを振りほどくことはできない。

こんな時間になってしまったのも、元を辿《たど》れば、我儘《わがまま》を言って手作りチョコを作ってもらった俺のせいなわけだし、ここはもう一度、失礼を承知でお願いしてみるか。

「……空さん、あの」

「はい、なあに？」

「度々我儘を言ってしまって、その大変申し訳ないんですが……もう少しだけ、滞在させてもらってもよろしいでしょうか。……具体的には、明日の朝まで」

空さんに宿泊の許可を得るべく、俺は土下座せんばかりの勢いで、しっかりと頭を下げる。

多分、怒られてもしょうがないことを言っているし、後日、さらにお詫《わ》びの品を上乗せしてお礼しなければならないが、俺もまだもう少しだけ、海の側《そば》に居たいと思っていて。

海が急に甘えん坊になったことで、逆に俺のほうも離れたくなくなってしまった。

「あらあら、ウチではもういつものことだけど、一緒になると相変わらず困った子たちねえ……二人のことはもちろん信頼してるけど、一緒に寝てて間違いが絶対に起こらないとも言い切れないし」

この前朝凪家にお世話になった時は、体調を崩してそんなことを考える余裕も体力もなかったので、そういうこともあり、海の付きっきりの看病について何も言うことはなかったが、今ではすっかり健康な高校生男子に元通りなので、その点についてはさすがに心配だろう。

「そういうことでしたら、今日はきちんと別々の部屋で寝ます。もし途中で海が潜り込んできても、なし崩しに一緒に寝たりしませんし」

「わ、私はそんな夜這《よば》いみたいなことしないし……ふ、布団は隣に敷くかもしれないし、そこから腕だけ出して手ぐらいは繋《つな》ぐ……かもしれないけど」

「海、それもダメだから」

「そ、それもちゃんとわかってるから。……真樹のばか。いじわる」

そう言いつつも、相変わらず俺にくっついて離れてくれないところが、俺にとってはとても愛らしく感じる。

こういうのがきっと『惚《ほ》れた者の弱味《よわみ》』というやつなのだろうか。

「……ですから、お願いします。朝になったらすぐに帰って、必要なら母さんにも事情を説明して連絡しますので」

「わ、私からもお願いします。あともうちょっとだけ、真樹と一緒にいたいの」

今度は二人一緒になって頼み込む。

これで駄目ならさっと諦めて帰るしかないが、もし、許可してくれるのであれば、しっかりと約束を守れることを、空さんや、その先にいる大地《だいち》さんにしっかりと証明したい。

俺と海はただのバカップルではなく、きちんと節度を守ることだってできるのだと。

「――とりあえず、二人とも頭を上げなさい。そこまでしなくても、二人が真面目に交際してるのはわかってるつもりだから」

「それじゃあ――痛っづ……！」

「んいっ……お、お母さん、いきなり何すんのっ⁉」

言う通りに俺たちが頭を上げた瞬間、びしんっ！　という音ともに、額のど真ん中を鋭い痛みが襲う。

前を見ると、ちょうど空さんが俺と海の額にデコピンをした直後だった。

本家本元の朝凪家直伝（？）のデコピンである。

「とりあえず、今回は特別にこれで許可してあげます。でも真樹君、それに海もだけど、今後もしお泊りしたいときは、前もって予定を伝えておくように。そうすれば、私のほうもきちんと準備して歓迎してあげますから」

「……はい。ありがとうございます」

恋人関係となっている海はともかく、空さんにとって、俺はまだあくまで『他人様《ひとさま》の家の子供』だから、受け入れるのであれば、事前に保護者である母さんと話をし、きちんと了解をもらわなければならない。

たった一泊、もっと細かく言えば朝までのあとほんの数時間でも、何かあってからでは遅いから、空さんは大人として難色を示し、それでも、バレンタインという事情を鑑みて、特別にOKを出してくれたことを、きちんと感謝しなければならない。

俺のことを大事に思ってくれる恋人に、そして、そんな俺たちのことを遠くから見守ってくれている大人。

本当に、俺は出会いに恵まれていると思う。

「はい、そうと決まったら、もう遅いんだから、二人ともちゃっちゃとお風呂に入っちゃいなさい。あ、もちろん一緒にじゃなくて、二人別々よ？」

「っ……い、一緒になんて入るわけないじゃん。……その、……は一緒に……だけど、まだ……ではないというか」

「ん？　海、今最後なにか言ったかしら？　お母さん、アナタが聞き捨てならないことを言ったような気がしたんだけど？」

「～～～！　い、言ってないっ。お母さんのバカ。あっちいけっ」

「あらあら、そんなに恥ずかしがらなくてもいいのに～」

俺も空さんと同じように聞こえたので幻聴ではないと思うが、これ以上やると海がいじけて部屋から出て来なくなってしまうので、俺の方は海の味方に回ることに。

——これから『は一緒に』入ることもあるかも『だけど』、『まだ』その時『ではない』……なんて海は言っていない。

とりあえず、今はそれでいこう。

寝間着などは昨年末時と同じように陸さんからお借りし、お客さんだからということで、俺が一番風呂をいただくことに。

朝凪家の浴室を使わせてもらうのは年末に数日お世話になって以来のことだが、湯船に肩までじっくりと浸《つ》かっても、どことなく落ち着かない。

俺の家のものより広々とした浴室に浴槽、こちらのほうがよく温まるからと空さんが入れてくれた入浴剤の香りに、鏡の側に綺麗に整頓されたシャンプーやコンディショナー、石鹸《せっけん》、その他スキンケア用品と思《おぼ》しき製品があって、我が家のシャンプーとボディソープのみが雑に置かれている空間とは明らかに違っていた。

浴槽にもたれかかり、天井の照明をぼんやりと眺めながら、ゆっくりと息を吐く。

「勢いで言っちゃったけど、やっぱり非常識なこと言っちゃったよな、俺……」

まだもう少し時間があれば、甘えモードの海でも宥《なだ》める余裕があったかもしれないが、その前のお菓子作りでかなりの時間を要してしまったので、もし説得出来たとしても、おそらく日付をまたいでいただろうし……個人的にはどんなに遅くなっても『帰れ』と言われれば帰るつもりだったが、一度泊めて実績を作ってしまうと、空さん的には真夜中に家から追い出すような判断は難しかったのかもしれない。

　俺のことを信頼してくれて、その上こうして特別扱いしてくれるのはとても嬉しいのでつい甘えてしまいがちになるが……今後はあまりこういうことがないようにしないと。

　甘えていいのは海にだけ、甘えていいのは海にだけ……でも彼女の優しさに甘えすぎず、甘えた分、海が俺に甘えてきた時は、しっかりとその我儘を受け入れる。

　そして、家族の人たちの厚意に甘えるのは、これからもっと時間をかけて、信頼関係を深めていったときのみだ。

　汗臭さが残らないよう、今日一日の汚れをシャンプーや石鹸の泡で流し、よく眠れるようしっかりと体を温める。

　十数分後、後の人も気持ちよく使えるよう綺麗《きれい》に整頓して客間へ向かうと、今日俺が寝る予定の布団が、こんもりと盛り上がっていた。

　誰かが……というか、海が中に潜り込んでいるらしい。

「……海、お風呂あがったよ」

「ん。あ、真樹のためにお布団温めておいたから」

「それはありがとうだけど……今日はちゃんと別々の部屋で寝なきゃだからな」

「もう、わかってるってば。でも、寝る前にちょっとだけお話したいから、私がお風呂出るまでちゃんと起きててね」

「わかった。でも、もし睡魔に耐え切れず寝てたら？」

「う～ん……まあ、無理に起こしはしないけど、お話できなくて寂しいから、そのまま一緒に寝ちゃうかもね」

「じゃあ、頑張って起きてるよ」

「よろしく。私、お風呂の時間結構長いから、頑張って起きててね」

「そういえばそっか。ちなみにいつもどれくらい？」

「ん～、一時間？」

「おやすみ」

「こら～」

最後にお風呂に入るという空さんが後につかえているというのに、布団の上で、俺たちはついつい余計にじゃれ合ってしまう。

自重すべきなのはわかっていても、久しぶりのお泊りだから、こうして夜寝る前でも好きな人が側にいるというのは、やはり嬉《うれ》しいもので。

「……えへへ、真樹、私と同じ匂いがする」

「家のシャンプー、使わせてもらったしな。……ほら、もうそろそろ行かないと、あっちで俺たちのこと見てる空さんに怒られるぞ」

「は〜い」

ニコニコして俺たちの様子をリビングから観察している空さんの笑顔が怖くならないうちに、俺の方はいったん布団に潜り込み、海は入浴のため浴室へ。

「――真樹君、ちょっといい？」

「空さん……あ、はい、なんでしょう？」

「今、お父さんと電話つながってて。真樹君とお話したいって」

「う」

久しぶりのお泊りで海とじゃれ合いふわふわとした気持ちが、そんな空さんからの一言で、あっという間に現実に引き戻される。

大地さんに今日のことを報告するのは、空さんとしては当然のことで、俺も覚悟していたはずだが。

……電話口で、どうやって土下座すればいいだろう。

あまり待たせてもいけないので、ひとまず空さんからスマホを受け取り、大地さんとの久しぶりの会話にのぞむ。

『……もしもし、真樹君か？』

「はい」

『母さんから話は聞いたよ。……まあ、今日がどういう日かはわかっているつもりだし、二人の気持ちもわからないでもないが』

「……大変申し訳ないです」

空さん同様、大地さんからもしっかりと注意を受けて、今後は気を付けることと、次に大地さんが帰宅した時に、また夕食をご一緒することを約束して、今日のお泊りの件はこれで終わりということに。

そこから大地さんに、年末以降の近況について報告させてもらった。

勉強のこと、アルバイトのこと、そして、正式に海とお付き合いを始めたことも。

初めて二人で話したあの時のように、大地さんは、何も言わず俺の話にしっかりと耳を傾けてくれ、俺も正直な気持ちを話した。

『……なるほど、そういうことなら、これからも頑張りなさい。真面目でひたむきな君だったら、きっとなんでもやれるはずだ』

「わかりました。……あの、お話聞いてくれて、ありがとうございます」

『いや、あれ以来、私もずっと君のことは気にしていたからね。とにかく、元気そうで安心したよ。もちろん、その元気がおかしな方向に行かないよう心掛けて欲しいが』

「……肝に銘じておきます」

その後、なんとか空さんに電話をお返しすることができた俺は、緊張から解放されて、柔らかい枕に顔から突っ込むようにして寝転がる。

大好きな女の子と一緒の日を過ごす楽しさと大変さの両方をしっかりと経験した俺は、ゆっくりと瞼《まぶた》を閉じ……ずに、海が長いお風呂から戻ってくるのをじっと待つ。

「そういえば、今日は朝早くからずっと起きてたしな……」

恋人と過ごす初めてのバレンタインデーの夜はとても甘かったけれど、最後はとにかく眠かった。

さて、バレンタインデーが終われば、あっという間にそのお返しの日であるホワイトデーがやってくるわけだが、その前に、俺も海も、一つだけ重要なことを確認しておかなければならない。

一年の最後を締めくくる学年末試験——その結果が、今日発表される。

試験の方は二月末にすでに行われており、各教科とも答案は戻ってきているので点数は把握済みだから、後は、掲示板に貼り出される順位がどうなっているか。

「テストの順位なんて今まではそれなりに上位にさえいればよかったけど……目指すものがあると、やっぱり緊張するな」

「だね。今日の順位次第で、同じクラスになれるかどうかほぼ決まっちゃうから……夕、新奈、後は関も、今度こそお世話になりました」

「やだ～。海、行かないで～。私も海と同じクラスがいいよ～」

そう言って海に抱き着く天海さんだったが、今回の試験結果を踏まえると、俺たち五人は別々のクラスに配属される可能性が高い。

海は相変わらずの高得点で、今回も学年10番以内に入ることが確実。

で、天海さんや新田さんはというと、恒例となった勉強会のおかげで全教科赤点を回避し、補習などせず無事二年への進級を決めたわけだが、平均点は学年平均を下回る結果なので、これまでずっと一緒だった海と天海さんの親友コンビは、四月から別々の教室で過ごすことになる。

そして、今の時点で、来年も海と一緒のクラスでいられる可能性があるのは、俺だけ。

「ところで委員長、結局テストの結果はどんなもんだったの？　今日でウチのクラスも全教科戻ってきたから、平均点はもうわかってるよね？」

「まあ……一応、ぎりぎり90点には乗ってくれたかなってところ」

平均90点以上は俺も過去最高記録で、年始からコツコツと頑張っていた勉強の成果が出てくれてよかったものの、これまでのデータから考えると、これでようやく30位前後にランクインしてくれたかな、という程度で、まだ安心とはいえない。

ちなみに、今回の海の平均点は95点を超えているが、これでも上には上がいて、トップになると場合によっては満点近い点数を叩《たた》きだすというから、ウチの高校の上位層も他の進学校と較《くら》べて捨てたものではない。

ひとまず順位を確認しに五人で教室を出ると、やはり他の皆も気になっているのか、掲示板の前にはそれなりに人だかりが出来ている。

掲示板に名前が貼り出されるのは上位五十人――名前がないことを悔しがっている人や、当然だと言わんばかりに鼻を膨らませる人、自分は無関係だが上位の点数を見て感嘆の声を上げている人など、反応は様々だ。

「真樹、そこからじゃ見えねえだろ？　ほら、持ち上げてやるからこっち来いよ」

「え？　いや、もう放課後だからそこまで急がなくていいし別に……うわっ⁉」

「ほれ高い高～い。どうだ？　これならどこからでもばっちりだろ？」

「確かに良く見えるけどさ……」

恥ずかしくないうちに順位を確認してさっさと降ろしてもらおうと、大きな文字で印刷された順位表を、右から左に、50位から順に見ていく。

40位台。平均点は90点を下回っているので、ひとまずこれ以上であることは確定。

30位台。ここに名前が無ければ目標達成なので、慎重に名前を見ていく。

32位、31位、30位。

「真樹、名前っ。名前ある？」

「いや、無い。でも、合計点はほぼ一緒だから――」

そして、20位台に入ったところで、

29位　加賀楓
28位　七野美玖
27位　前原真樹
26位　――――

「お、あった。27位」

俺の名前がようやく見つかった。

点数的にはかなり競《せ》っているものの、しっかりと目標である30位以内に名前を載せることができた。

「あ、ホントだ！　やったやった。真樹君、すごいっ！」

「へえ、委員長やるじゃん」

「おお……真樹、よかったな。休み時間の合間とか、ずっと頑張ってたもんな」

「うん、ありがとう……でも、とりあえず先に降ろしてくれると」

「あ、すまんすまん、つい」

ゆっくりと元の位置に降ろしてもらって、俺は改めて皆から手荒な祝福を受ける。

望《のぞむ》からはバシバシと背中を叩かれ、天海さんや新田さんは俺の頭をぐしゃぐしゃと撫《な》でてきて――いつも以上にもみくちゃにされた形だが、俺のことを褒めてくれる皆の笑顔が、なんだか嬉しくて。

そして、三人から一通りやられた後、海が俺の手を優しく握ってきた。

「真樹、やったね。ひとまずこれで第一関門突破だ」

「うん。まだ確実とは言えないけど、土俵には上がれてよかったかな」

ついでに海の順位も見ていたが、結果は5位。俺と同じく海も頑張っていたから、こちらについては、この後、俺のほうでしっかりと祝ってあげようと思う。

今日は3月13日で、ホワイトデーは明日だが、海には、どうしても今日、お返しのプレゼントをしたい理由があった。

結果発表を見届けてひと息ついた後、天海さんたちと別れた俺は、海を連れて自宅へと戻る。ホワイトデーは、先月海が俺にしてくれたように、同じく手作りお菓子を作る予定で、すでに材料は予《あらかじ》め買《か》い揃《そろ》えてある。

海の手を引いて、自宅マンションのエレベーターに乗ると、俺のすぐ後ろでクスクスと笑う海の声が耳に届いた。

「……えへへ」

「な、なんだよ海、そんなににやけちゃって……俺、ヘンなことしたかな？」

「ううん、別に。でも、最近私のこと家に連れ込むのも、だんだん手馴《てな》れてきたな〜、って思ってさ」

「それは……さすがに何度もやってれば自然に誘えるようにはなるけど」

確かに、これまでのことを考えると、海の言う通りかもしれない。

今までは、俺から海のことを遊びに誘う時、『今日、用事ある？』とか『昨日新しいゲーム買ったんだけど』などと、やんわりと意思を伝えることが多かったが、バレンタインデーを過ぎたあたりからは、

『行こう』

『今日はもう少し一緒にいたい』

と、海の前では自分の気持ちをストレートに伝えることができている。

ただ、これについては海のおかげでもある。海は俺からの誘いであれば、基本的に断ることはしないので、俺も安心して自分から誘うことができている。

言い方はものすごく悪くなってしまうが、俺の前でだけは、海はとてもちょろい女の子なのだ。もちろん、それだけ俺のことを信頼してくれている証拠なので、自宅で二人きりという状況でも、しっかりと自制しているつもりだが。

「……真樹、私は、別にいいよ？」

「！　えっ……と、それは、その、どういう意味で」

「ふふん、さて、どういう意味でしょう？」

からかうようにして、海が俺の腕に柔らかいものを押し付けてくる。

つまり、少しぐらいなら、胸や太ももなど、デリケートな部分を触っても構わないということだが、これについては、本当にどうするのが正解なのか迷う。

今はまだキスだけだが、もちろん、その先に行ってみたい気持ちは当然ある。

こうして海の許可ももらっているわけだし、少し前には海の胸に顔を埋《うず》めて一晩を明かしたりなんてこともあったので、一線さえ越えなければ問題は……いや、やっぱりあるかもしれない。

「……とりあえず、そのことはまた後で」

「あ、逃げた。真樹のいくじなし」

「いや、ちゃんと考えてるだけだし。俺だってやる時はやるし」

「ふ～ん。真樹がそう言うなら、今日はこの辺で勘弁してやろう」

「それはどうも。ほら、もう着いたから、準備出来たらクッキー焼くぞ。今日はあんまり時間ないんだから」

「は～い。……ふふっ、えいっ」

「っ……わ、脇腹をつっつかない」

悪戯《いたずら》っぽい笑みを浮かべて俺にちょっかいを掛けてくる海のことを気にしつつ、自宅に戻った俺はすぐさま明日のホワイトデーのためのクッキーづくりに取り掛かることに。先日のバレンタインは海一人で頑張ってくれたが、今日は海と一緒だ。

「海、そっちはココアクッキーにするから、分量通りお願い。えっと……そっちのボウルに計量スプーンすりきり一杯分で」

「はいよ〜。……ねえ真樹、このクッキー、私にだけじゃなくて、明日、夕と新奈にもあげるんだよね？」

「うん。そのつもりだけど……海専用に、別のものも作る？」

「あ、ううん。手間もかかるし、そこまで我儘《わがまま》言うつもりはないんだけどさ……その、やっぱり彼女だから、贔屓《ひいき》はしてほしいかもって、思って」

予定としては同じクッキーを渡すつもりだが、やはり海としては、自分がバレンタインにそうしたように、特別扱いしてほしい思いもあるようだ。

お返しを期待したわけではないだろうけれど、恋人なのだから、明確に自分が一番である証拠が欲しい気持ちはわかる。

わかるからこそ、わざわざ前日に海のことを誘ったわけだが。

「……大丈夫。海の分はちゃんと用意してるから。でも、少し時間がかかるから、とりあえずクッキーが焼きあがるまで待ってて欲しい」

「……うん、わかった。何かはまだわからないけど、あともう少しだけ、楽しみにしとく」

丸や四角、星といった小さな型にくりぬいて、そのままオーブンへ。

焼きあがるのを、ソファでゴロゴロしながら待っていると、時間が経《た》つにつれ、食欲を掻《か》き立てるような甘い匂いが部屋いっぱいに広がっていく。

「真樹、良い匂いだね」

「うん。……俺さ、子供の頃から、結構この時間が好きなんだ。お菓子だけじゃなくて、料理全般に言えることだけど」

「出来上がりを待ってる時間が、ってこと？」

こくりと頷《うなず》いて、俺は続ける。

「俺が小さい時は、母さんがまだ家にいてくれたから、クッキーとか、ケーキとかよく作ってくれてて。よく出来立てを味見させてくれたから、それが楽しみでさ」

匂いが強くなってくると完成の合図のため、部屋でゲームなどをして遊んでいても、キッチンから匂いが漂ってくると、いつも母さんの側《そば》で一緒に出来上がりを待っていた記憶がある。

「特に焼き立てのクッキーが一番思い出に残っててさ……いつものクッキーも好きだけど、焼き立てのクッキーって、堅くなる前と違って甘味《あまみ》も香りも強く感じるし、口の中に入れた瞬間ほろほろって崩れるから、なんか特別感もあって」

「……もしかして、そのために今日、私のことを連れ込んだの？」

「言い方……でも、うん。このクッキーは天海さんと新田さんにもあげるつもりだけど、俺が一番大好きな焼き立ての状態は、焼き上がりの直後じゃないと食べられないから」

思い出も含めて、海には俺の一番好きな物を知っておいてほしいし、出来れば一緒に味わってその気持ちを共有したい。

それが、今、俺が出来る範囲での、海に贈ることのできる自分のなりの『特別』だった。

それからほどなくして焼き上がりとなって、レンジからオーブン皿を取り出すと、こんがりと焼け、ほどよく膨らんだ様々な形のクッキーが俺たちの前にお目見えする。

どれもいい香りで、一目見ただけで大成功であることがわかる。

「海、ほら、特別に一個。熱いから火傷《やけど》しないように」

「あ、うん……あちちっ、すごく美味《おい》しそうだけど、少し冷まさないと持ってられないかも」

二人でお手玉のようにしてクッキーを手のひらで転がして少し冷まし、火傷しないよう、慎重に一かじりする。

「……どう?」

「うん、美味しい。なんか焼き立てのメロンパンの外側だけ食べてるって気分」

「だよな。まあ、メロンパンの外側自体がクッキー生地だから、当たり前といえば当たり前なんだけど」

特別と言ったわりには物足りないかもしれないけれど、出来立てを食べさせてあげるというほんの少しの依怙贔屓《えこひいき》が、『恋人』と『友達』とを分ける差だと、個人的には思う。

俺の隣で美味しそうにココアクッキーをつまむ海も、そう思ってくれていると信じたい。

食べ過ぎると天海さんたちにあげる分がなくなってしまうので、なんとか我慢して、冷めて味の落ち着いたクッキーを三つの袋に詰める。

天海さん、新田さん、そして海の分。出来立てもつまみ食いさせるし、ちゃんと包装したものもきちんとあげる。

恋人だから、それぐらいは特別扱いしてあげないと。

……もちろん、それだけでは終わらないのだが、それはまた翌日。

翌朝のホワイトデー当日。俺は、先月チョコをくれた三人へのお返しとして、昨日作ったクッキーを渡すためのラッピングをすることに。昨日の時点で予め三人分に分けてはいたけれど、透明な袋だけでは味気ない気がして、自分なりに包装することにしたのだ。

家にあった、チェック柄の包装紙をカッターで適当なサイズに切り分けて袋を作り、口を細いヒモで縛る。

色別に渡す人は決めていて、それぞれ、青が海のもの、赤が天海さんのもの、緑が新田さんのものとしてみた。

入っている中身は一緒だが、別々に分けたほうがしっかりしていてポイント高い（※泳未先輩談）らしいので、新年の初詣の際に着ていた振袖の色で分けてみたのだが……気づく人は果たしているのだろうか。

そうして早朝の静かなリビングで黙々と作業していると、ゆっくりとした動きで、寝室からリビングに入ってくる母さんの姿が。

「――ふわあ……あら、早いじゃない真樹。モテる男はつらいわね」

「おはよう、母さん。そんなことより、お願いしてたヤツって買ってきてくれた？」

「自然にスルーしちゃうのね……っと、お使いの件でしょ？　大丈夫、昨日、仕事の休憩の合間に、近くのデパートに寄って買ってきてあげたから」

食卓の椅子に置かれてあった仕事用のバッグから母さんが取り出したのは、俺のようなやっつけ仕事のものとは全く違う、ホワイトデー用にラッピングされたもの。

中身の割にそれなりのお値段で、この時点で俺の財布の中身は風前の灯《ともしび》だが、しかし、これはこれでいい買い物をしたと思っている。

デート代や洋服などの身だしなみ、そして、こうしたイベントにおけるプレゼントなど……お付き合いって、しっかりしようとすると、やはりお金はそれなりにかかるものだ。

まあ、それも全部、好きな人が喜んでくれたら報われてしまうのだけど。

「……それにしても、一、二、三……真樹、あなたもしかして、三人の女の子からチョコもらったの？　海ちゃんはいいとして、他はクリスマスの時に一緒に写真に写ってくれた子たちよね？」

「うん。俺がもらったのはあくまでおまけだから、こっちもそれなりのお返ししか用意してないけど。……海以外は」

そうして、青い袋のほうにはクッキーと一緒に『それ』を潜ませる。

誰よりも海のことは特別に思っているし、そのことは昨日もしっかりと伝えたけれど、他の人とは明確に違うことを、プレゼントという形でもきちんと示しておきたい。

それで海が安心してくれるのなら、どれだけ懐が寒くなっても安いものだ。

「そう。それが分かってるなら、お母さんは何も言わないけど……海ちゃんのこと、くれぐれも泣かせたりしちゃダメだからね」

「……うん、そうならないよう、出来るだけ頑張るよ」

まだまだ何もかも未熟な俺だが、勉強でも運動でも身だしなみでも、これから一歩ずつ成長していければと思う。


そうして準備万端で臨んだホワイトデー、朝のＨＲ前の教室。

俺、海、天海さん、新田さん、そして望。

いつもの五人が登校し、集まるのを待ってから、俺はカバンの中に入れていたお返しを机の前に出した。

「あのさ、三人とも……ちょっといい？」

青、赤、緑……並べられた三つの袋に気づいた海たち三人の視線が、一斉にそちらのほうに向いた。

「あっ、ねえねえ真樹君、それって、もしかしてチョコのお返し？」

「うん。特別なものは何も入れてないけど、一応、クッキーを」

「わぁ、クッキー！　しかも真樹君の手作りだよね？　私、真樹君のお菓子大好きだから、実は何気に楽しみにしてたんだ～！」

わーい、と子供のように無邪気に俺から赤い袋を受け取った天海さんは、袋の中を覗《のぞ》き込むと真っ先に一つ、二つと嬉《うれ》しそうにクッキーを頬張《ほおば》っている。

「むぐむぐ……うんっ、ちょっと甘さ控えめだけど、とっても美味しいよ。ほら、ニナちも食べてみなよ。こっちのココアクッキーとか、超美味しいから」

「ん、どれどれ……店で売ってるヤツより柔らかくてポロポロ崩れるけど、軽い食感でなかなかいけるかも。委員長、もしかして将来は主夫とか狙ってる？」

「いや、別に狙ってはないけど……」

海と付き合い始めてからよく言われるし、女子三人組で喋《しゃべ》っている時もたまに話題に出るそうだが、天海さんと新田さんのイメージだと、

俺＝主夫

海＝一家の大黒柱

こんな感じの家庭らしい。

確かに現状の能力で言うと、勉強の成績も運動能力も海のほうが上で、海が苦手な家事全般を俺がカバーできるので、お互いの足りない部分を補え、非常にバランスの良い形だと思うが、実は、俺と海で希望している役割は逆のような気がしてならない。

俺が頑張って働いて、疲れて帰宅したところを海が出迎えて、優しく癒《いや》してくれて――。

「あのさ、海……」

「っ……わ、私は別に、真樹が希望するならどっちでもいいっていうか……むしろ出来れば私のほうが真樹のことを支えてあげたいかも……なんて」

「え？　あ、いや、そうじゃなくて、海にも、これ、お返しの品を――」

「へっ……？」

きょとんとした顔で青い袋を受け取った海が、自分でしでかした勘違いに、みるみるうちに顔を赤くさせていって。

そんな親友の様子を即座に感じ取った天海さんが、これ以上ないニヤニヤ顔で海にすり寄っていく。

「あれれぇ？　海ってば、この流れで一体何を想像しちゃってたのかな？　お返しの中身？　それとも、ずっとその先のこと？」

「…………ぶつ、新奈を」

「いやいや、なんでそこで私に矛先向けるし……ちょっ、だからこめかみアイアンクローはマジでやめっ……」

再び三人でわちゃわちゃし始めたのを横目に、俺はふと、海との将来のことを想像する。

気が早いかもしれないが、いずれは大地さんや空さん、もしくは俺がまだ幼いころの父さんや母さんのような、仲の良いパートナー同士になれたら……いや、やっぱりその前にまずはもっと恋人として仲を深めるのが先か。

「――ってかさ、その前に、さっさとプレゼントの中身確認したら？　彼女だから、もしかしたら私たちとは違うものが入ってるかもよ？」

「それってサプライズ的なこと？　私、昨日真樹と一緒にこれ作るの手伝ったんですけど……ほら、やっぱり昨日焼いたクッキーと、それからキャンディ……え？　キャンディ？」

恥ずかしいのが一通り落ち着き、新田さんに言われた通り袋を開けたところで、中身を覗き込んだ海の表情が固まった。

「…………」

天海さんの袋、新田さんの袋、そして自分の袋に視線を送り、最後に俺のほうを見る。

「真樹、あのさ」

「はい」

「これ、皆に見せてもいいやつ？」

「まあ……元々内緒にするつもりなかったし」

そう。天海さんや新田さんとは別に、特別に海の袋に入れておいたのは、ホワイトデー用に特別に作られたとあるメーカーのキャンディである。

赤やオレンジ、紫、黄色など、色とりどりの、様々な味のアメが一つずつ丁寧に袋に入れられていて。

「俺も昨日調べて初めて知ったんだけど……ホワイトデーって、贈るものによって色々意味があるんだってね。クッキーなら『友達でいましょう』とか、マシュマロなら『あなたが嫌いです』とか……俺、そういうの疎いから、特に考えずに海にもクッキーをプレゼントしちゃったんだけど」

「じゃあ、調べてみて不安になったから、真咲《まさき》おばさんとかに頼んでこれを買ってきてもらったってこと？」

「まあ……あ、元々海にはクッキー以外のものもあげるつもりだったんだけど、キャンディだったらわかりやすいかなって」

ちなみにキャンディなら『あなたが好きです』で、しかもそのキャンディの味ごとにも意味があるそうだ。

そのことは、海もそうだし、天海さんや新田さんだって知っているはずだから、急遽《きゅうきょ》ではあるものの、すぐさま母さんに連絡をとって買ってもらったわけだ。

「昨日海にはちゃんと伝えたけど……でも、他の皆にもちゃんと示しておかなきゃって、そう思って。……朝凪海は、俺にとって誰よりも特別で、大切な女の子ですって」

「だから、わざわざこんな高そうなのを選んだの？」

「まあ、そんな感じです」

「……もう、真樹ったら……」

海はそう言って呆《あき》れつつも、キャンディの入った袋を大事そうに胸に抱えて、嬉しそうに顔を綻ばせていて。

出費はあったものの、結果的に海が喜んでくれたのなら良しだ。

「真樹……このキャンディって、何味が入ってるの？」

「えっと……イチゴとオレンジ、ブドウと……あとはリンゴ、メロン、レモンだったかな」

「……よくばり。でも、そんなに私のことが好きなんだ？」

「まあ、はい」

俺は一体、どれだけ目の前の女の子のことが大好きなのだろう。

告白した時よりも、年末に付きっ切りで看病された時よりも、バレンタインデーでチョコ作りに励む横顔を見た時よりも、今の方がもっと海のこと好きになっている。

「……これ、私一人じゃ多くて食べられないから、今日の放課後、一緒に食べよ。……その、二人で」

「うん……じゃあ、放課後、また俺の家でいい？　その、二人きりで」

「………………」

こくり、と海は控えめに頷《うなず》いて、俺の後ろにある自分の席に戻る。

その後の授業は、ずっと後ろから背中をつんつんとつつかれて困ったものの、

『（朝凪）また家に私のこと連れ込むとか』

『（朝凪）まきのばか』

『（朝凪）えっち』

こっそり送られてきたメッセージを見る限りは平常運転なので、ひとまずほっと胸を撫《な》でおろす俺だった。

ちなみに、このやりとりを隣でずっと聞かされていた形の三人からは、しっかりと呆れられてしまった。

三月も下旬に差し掛かり、高校生活一年目が終わりを告げようとする中、ついに俺にとって待望の日が訪れる。

何を隠そう、アルバイトを始めてから初の給料日。今まで親からのお小遣いという形でしかもらっていなかった自分にとって、自らの意志で働いて、その労働の対価としてもらうお金だから、喜びもひとしおである。

「前原君、はい、今月の給与明細。今月は試用期間って形だからちょっとだけ額は少ないけど、来月以降は大丈夫だと思うから」

「はい、ありがとうございます」

前原真樹、と自分の名前の印字された給与明細の金額を確認する。週二で勤務時間も抑えめだったので、金額はそれほど多くなかったものの、それでも、海の誕生日プレゼントを買うのには十分すぎるほどの資金になってくれるはずだ。

アルバイト代については、予《あらかじ》め母さんが用意してくれた俺名義の口座に振り込まれることになっている。

自分の自由に使える、初めての通帳とキャッシュカード……失《な》くさないよう、大事に自分の机に保管しておかなければならない。

事務室から出て、キッチンのほうへと戻ると、ちょうど出前から戻ってきた泳未先輩と目が合った。

「おはよ、真樹。おっ、ついに待望の初給料ってヤツだね。おめでたい。お祝いに、注文を聞き間違えて作り過ぎてしまったこのオニオンリングをあげよう」

「勝手に食べちゃっていいんですかそれ……まあ、泳未先輩のおごりってことでいただきますけど」

今日は店長と俺、泳未先輩の三人体制だが、すでに泳未先輩が付きっきりで見ていなくてもほとんどのことは出来るようになってきたので、今月以降、別々のシフトに入ることも多くなってきた。

泳未先輩には、仕事のほかにも、勉強だったり女の子との付き合いなどの相談に乗ってもらっていたので、お世話になって本当に感謝しかない。

「ところで、真樹は初給料何に使うの？　やっぱり海ちゃんに全額貢いじゃう？」

「貢ぐっていうか、まあ、ちゃんとしたプレゼントを買おうかなとは思ってますけど」

「ふ～ん、で、何買うつもりなん？　誕生日もうすぐだったら、そろそろ決めておかないとだよね？」

「……え～っと、」

「なに？　もしや、まだ決めてないとかいうつもりじゃないよね？」

「……はい。実はそのまさかってやつで」

初給料もあるので、プレゼントの資金については問題なくなったものの、では、その資金で一体何を買うかは、未《いま》だに決めかねている状態だったり。

ちゃんとしたプレゼントを贈りたいと思っているし、海にもそんな風に言って当日の楽しみとして待ってもらっているけれど、果たして、何をもってして『ちゃんとした』ものと言えるのだろう。

スマホや雑誌で探せば、それこそ選択肢はいくらでも出てくる。

流行《はや》りのアクセサリやバッグ、腕時計、後はお高めのレストランなどでの食事……人によって正解は異なるから、無難なところに落ち着けるのも一つの手なのだろうが、恋人になって初めての彼女の誕生日に贈るものが、果たしてそれらで本当にいいのか。

お金をかけてもかけなくても、俺が真剣に選んだものなら海はきっと喜んでくれるだろう。この前のホワイトデーもそうだったが、お小遣いのほとんどをはたいて買ったブランド物のキャンディだから喜んだのではなく、俺がきちんと、自分なりに悩んで選んだものだからよかったのだ。

お金をどれだけかけたかではなく、どれだけ『時間』をかけて自分のために悩んでくれたかどうか……どちらかというと、海はそれを特に重視しているように思う。

「決して候補がない、わけじゃないんです。でも、なかなか踏ん切りがつかないというか」

「ふんふん、なるほど、青春してるねー。私は後で現金化できるものだったら何でも嬉しいけど、海ちゃんはそういうタイプの女の子には見えないから……うん、すまん。今回に関しては大したアドバイスは送れないみたいだ。ダメな先輩をどうか許しておくれ後輩。

ということで、お詫《わ》びに注文聞き間違いで余ってしまったポテトフライを、」

「いえ、もうお腹《なか》いっぱいなので気持ちだけ受け取っておきます」

プレゼントは春休みに入ってから買いに行くつもりだが、この分だと、当日、下手すれば店に入ってもなかなか決められなそうだ。


春休み突入の翌日、俺は午前中のうちから、海へのプレゼント選びのため、一人で電車に乗って、市内の中心部へと出かけた。

思えば、こういう場所に一人で来るのは久しぶりだった。もちろん、これまで何度か来たことはあるけれど、こういう場所に行くときにはだいたい海がくっついていたため、それがない今日はなんだかやけに心細い。

プレゼント選びは一人でやりたいから、と海にお願いして単独行動を希望したのは、他ならぬ俺自身なのだけれど。

「俺の服、変じゃないよな……誰に見られるわけでもないけど」

前髪ＯＫ、春物の洋服にはきちんとアイロンもかけてシワもそんなにない。

駅構内のトイレでさっと身だしなみを確認してから、俺は改札を出て、多くの店が入っている商業施設へ。

余所《よそ》行きの服を着るのも久々だから、途中、建物のガラスや、道路脇に停車している車のウィンドウに映る自分の姿を確認してしまう。服については、去年、海や天海さんと古着屋などに行って選んでもらったものなのでダサくはないはずだが、しかし、元の顔や体型が微妙なのが足を引っ張っているような。

自分の容姿についてはこれからも要改善として、ひとまず、前日にスマホで調べていた雑貨店へ。

女性向けの商品が主力で、その上比較的にリーズナブルなこともあり、ここらへんの学生たちには御用達《ごようたし》の場所だそうだ。

「人、多いな……」

思わずそんな声が口からこぼれる。

人の多くなるであろう午後を避け、午前中を選んで来たものの、春休み初めということもあってか、店内は多くのお客さんたちが。

当然、その内訳は女性がほとんど。男性もいるにはいるが、その隣にはだいたい彼女さんらしき人がおり、俺のように男一人で品定めしている人は、今のところほぼいない。

「いらっしゃいませ～、何かお探しでしょうか？」

「！　……あ、大丈夫です。間に合ってるので」

音もなく近づいて声かけをしてきた女性店員さんを避けるように、俺はそそくさ店内の隅へ。きっと不審がられただろうが、気さくな店員さんに突然話し掛けられるとびっくりして逃げたくなってしまう癖が抜けてくれるのは、まだもう少し先のことだろう。

ニコニコ顔で店内を遊泳する店員さんから距離をとって、とりあえず一通り目につくところから商品を見ていくことに。

「……う～ん」

おもむろに商品を手にとり、値札を見て、そして首を傾《かし》げて元の場所に戻す。それを二度三度繰り返した後に、ふと、ため息がもれてしまった。

多分こうなるだろうなとわかっていたが、やはり、色々ありすぎてどれがいいものか判断が難しい。

リングやネックレスなどのアクセサリや、香水、化粧道具など……海が普段から使っても問題ないようなものをプレゼントしようと思ってこの店を選んだのだが、想像していた以上にものが溢《あふ》れていて、俺の頭は逆に混乱しつつある。

「プレゼント選び、難しすぎ問題……」

予算と相談して、その中で海が一番喜びそうなものを見つける――簡単ではないと思っていたが、この分だと想像以上に苦労しそうだ。

自分なりに考えたものなら海も喜んでくれるだろうけど、あまり自分本位になりすぎるのも、良くないように思うし。

てる？

——なあ、これなんかどうよ？　お前にピッタリじゃん。

——え〜、そうかな？　でも、ヒロくんが言うんなら買っちゃおっかな。どう、似合ってる？

——うん、いい。マジ可愛《かわい》い。さすが俺のサオリ。

——やだ、もう、ヒロくんってば。

すぐそばで同じく買い物に興じているカップルの話が耳に入る。

会話の内容はともかく、二人ともとても楽しそうだ。

やはり海と一緒に来たほうがよかったのかも、と後悔してしまったが、今さら後には引けないので、今回はとにかく俺一人でなんとかするしかない。

やはり店員さんに正直に相談すべきだろうか——そう考えた瞬間、背後からポンポンと軽く肩を叩《たた》かれた。

「あ、はい——むぎゅっ」

振り向いた瞬間、俺の頰《ほお》に白くて綺麗《きれい》な指がぷにっ、と沈み込む。

目の前には、良く知った女の子の顔が。

「えへへ〜、真樹君、引っ掛かった〜」

「！　あ、天海さん」

「ふふ、こんにちは〜。こんなところで奇遇だね。もしかして、真樹君も海の誕生日プレゼント選びにきた感じ？」

「あ、うん。ところで、天海さんも？」

「うん。誕生日は来週だけど、明日から家族と出かける用事があって、海の誕生日までに時間がとれないから」

慣れない場所で一人肩身の狭いを思いをしていたのを見かねたのだろうか、俺のことを助けてくれたのは、ちょうど同じ目的で来ていたらしい天海さんである。

こんなところで天海さんに会うなんて……と一瞬思ったが、この店の客層などを考えれば、当然、彼女も海への誕生日プレゼントを買いに来る可能性は高いわけで、奇遇ではあるけれど、そこまで不思議なこともないと思い直す。

「真樹君、今日はいつもと違ってちゃんと決まってるね。遠くからだと、一瞬誰かわかんなかったよ」

「まあ、こういう場所だし一応ね……天海さんも、今日はいつもと違う感じするけど」

「そうかな？　確かに可愛い系のヤツを選ぶことも多いけど、こういうカジュアルなのもわりと好きだったりするよ？　古着屋さんとか、海とよく行ったりするし」

今日の天海さんは、上にデニム生地のジャケット、下はスキニーのパンツと靴はスニーカーで、全体的にカジュアルな雰囲気に仕上がっている。きらりと耳に光るピアスや腕時計など、細かい所もしっかりだ。

一見ありふれたファッションでも、天海さんが着ていると、なんとなくいいように見えてしまう。

「ところで今日は海と一緒じゃないんだね。こういうところに男の子一人って、結構大変じゃない？」

「うん。まさしく今どうしようかって悩んでたところで……天海さんも一人？」

「ううん。私はニナちと一緒。お〜い、ニナち、こっちこっち」

大きな声で天海さんが手を振ると、少し離れた場所で天海さんのことを探していた新田さんがこちらに気づいて近寄ってくる。

「おっす。まさかこんなベタなところに委員長が出没するとか……あ、もしかして道迷った？　玩具《おもちゃ》とかゲーム売り場はもう一個上のフロアだよ」

「いや、ここで正解だし。……手に持ってるやつって、もしかしてプレゼント用に？」

「これ？　そだよ。値段的にはやっすいアクセだけど、まあ、学生だし、このぐらいで十分っしょ。友達に高いプレゼントあげても、相手困らせちゃうことも多いし」

「確かにそれはそうかも……」

手に持っている値引き後９８０円のシールが貼られている商品は、なんとなく新田さんらしいチョイスだと思う。すごく適当に選んでそうだが、しかし、派手過ぎず地味過ぎずで、女の子らしいセンスを感じさせる。

それと比較して、天海さんはというと。

「あ！　ねーねー二人とも、これめっちゃ可愛くない？　ちょっと大きいけど、ふかふかしていい気持ちだし、プレゼントにぴったりかも」

目に映ったのか、いつの間にか俺たちから少し離れた場所で大きなクマのぬいぐるみを抱えてご満悦と言った様子だった。

天海さんの腕に抱えられてもなおぶすっとした表情を崩さない（当然だが）ものの、どことなく憎み切れない可愛さも感じるが、果たしてプレゼントとしてはどうだろう。

あと、札についている値段もそれなりにお高いし。

「委員長、ほら感想を。こういうのはそっちの役目でしょ」

「そう言われてもなあ……」

肘で小突いてくる新田さんのことは置いておくとして、せっかくなので話を聞いてみることに。

「プレゼント、天海さんはそれにするの？　結構直感で選んじゃったみたいだけど」

「うん。海の誕生日の時は毎回そうだけど、私は完全に自分が『これだ』って思ったヤツにしてるよ。普段使いできるほうが、その人が本当に欲しがっているもののほうが、とか色々考えたこともあるけど、でも、最終的にはやっぱり自分の勘かな」

「なるほど……でも、それだとたまに失敗したりしない？　せっかく贈ったのに、微妙な顔されたりとか、使ってもらえなかったりとか」

「もちろん、そういうこともあるよ？　でも、自分にとって微妙なものより、『いい！』って感じられるもののほうが、おめでとうの気持ちがいっぱい伝わると思うんだよね。プレゼントって、結局そういうものじゃないかな？」

「それはつまり、贈る側の気持ちも大切だよってこと？」

「そう、それそれ！　贈る相手が親友だったり恋人だったり……大切だと思う人なら、なおさらね」

相手にとっていいものを考えて選ぶか、自分にとっていいと感じるものを選ぶか。

俺は前者で天海さんは後者だが、話を聞いてみると、天海さんの考えも一理あると思う。

みんなに選ばれている、プレゼントならこれがマスト——ネットで探せばそういう意見は山ほどでてくるし、逆にそれ以外は迷惑だし重いというのも。

しかし、それを参考にして贈ったプレゼントは、果たして自分が贈るべきものなのかどうか……そういうことを、天海さんは言いたいのだと思う。

「そんな感じで私は考えてるけど……どうかな？　真樹君の参考になった？」

「どうかな……まだよくわからないけど、少しだけ、どうすればいいのかはわかった気がするよ」

「そ？　ならよかった。えへへ」

最終的にどれを選ぶことになるかはもう少し迷うことになりそうだが、しかし、なんとなく方向性は見えてきた気がする。

持つべきものは友達、ということなのだろうか。

「で、夕ちん、そのぬいぐるみずっと持ってるけど、それ買うってコトでいいの？」

「え？　あ、うん。これより大きいのと小さいのと、いくつかサイズはあるけど、やっぱりこれが一番抱き心地いいし、それに他の種類のぬいぐるみと較《くら》べても可愛いし」

「可愛いかな……委員長、コレどう思う？」

「まあ、天海さんが可愛いと思うのなら、それでいいんじゃないかな」

海外のアニメに出てきそうな、不愛想だけれどどこか憎めない表情のクマのぬいぐるみ。

個人的には微妙だが、天海さんが『いい』と思ったのなら、海だって気持ちよく受け取ってくれるだろう。

今までそうやって、二人は上手くやってきているのだろうから。

「で、委員長は？」

「俺はまだもう少し見て回るから、二人は遠慮せずに帰ってもらって大丈夫だよ」

「そ？　じゃ、そゆことで。行こ、夕ちん」

「あ、うん。……それじゃあね、真樹君。また4月3日に」

「うん、また。それと、今日は助けてくれてありがとう」

「ふふん、また助けが必要ならいつでも呼んでくれていいよ？　というか、電話でもメッセでもいいから、たまには連絡くれてもいいんだからね？」

「あ、いや、それはちょっと……」

「え〜？　なんで〜？　友達なんだから、もうちょっとメッセとかでお喋《しゃべ》りとかしようよ〜。あと、私のことも『天海さん』じゃなくて、『夕』って、海みたく呼び捨てで全然いいのになあ」

「呼び捨ては……うん、やっぱり難しいかもしれない」

　そこまで距離を縮めると、主にクラスの男子（特に望）からの圧がすごいことになりそうなので、天海さんとはこれからも『友達の友達』的な距離感でやっていけるといいなと思う。

　それに、他の女の子と仲良くしていると、たとえお互いにその気がなくても海に悪い気がするし。相手が天海さんだとなおさらだ。

「そう？　う〜ん、そうなのかな〜……とにかく、この話はまた今度ってことで。じゃあバイバイ、真樹君」

「んじゃね、委員長。また来週」

「うん。じゃあ」

　他のところも見に行くという天海さんたちと別れて、俺は再び店内に飾られたキラキラと向かい合う。

予定では昼には家に帰宅するつもりだったが、この分だと、もう少し時間がかかりそうだ。


時間はかかりつつもなんとか海へのプレゼントの買い物を終えて、4月3日。

バレンタインデー、ホワイトデーと来て、そして、ついに海の十七歳の誕生日を迎えた。

春休みに入って一週間ほど。まだ朝は肌寒いけれど、窓のカーテンの隙間から差し込む朝の光も暖かく感じる。前日まではずっとぐずついたお天気が続いて気温も低かったけれど、今日は一転して春らしい陽気になっていた。

絶好のお誕生日日和、と言ったところか。

「……うん、大丈夫。ちゃんと入ってる」

朝ベッドから起きてすぐ、予《あらかじ》めバッグの中に入れておいたプレゼントを確認する。『彼女さん用』ということで店員さんの手によって綺麗《きれい》にラッピングされた小箱に、おまけでつけてもらった小さなメッセージカード。

メッセージはもちろん自分で書いたのだが、昨日散々悩んだ挙句、カードには『海へいつもありがとう』と無難なメッセージを記すにとどめた。普段はもう少し気障《きざ》ったらしいことを言っているような気もするが、二人きりの時と違い、プレゼントについては皆に見られてしまうわけで、あまりバカップルぶりを発揮しないよう配慮した形だ。

その他、忘れ物がないか確認していると、海から連絡が入る。今日はメッセージではなく、通話だ。

『おはよ、真樹。さっき地図送ったけど届いた？　私と一緒に行くから大丈夫だとは思うんだけど、一応、知らせておこうかと思って』

「うん。というか、天海さんの家って、学校からもそんなに遠くないんだね」

『そだね。そのおかげで、今のところ無遅刻無欠席で済んでる。中学の頃は電車通学だったから、それなりに遅刻することもあったから大変で』

「海、いつもご苦労さま」

『でしょ。もっと労《ねぎら》って』

「ん。海はとても偉いよ、尊敬する」

『いいね。もっと私のこと崇《あが》め奉れぇ……なんて、にひひ』

海の誕生日のお祝いについては、ほぼ毎年天海さんの家でやっているらしく、今回も例年通りの開催となる。当初は朝凪家でやるものとばかり思っていたが、天海さんの自宅のほうがそういったパーティ的な催しをやるのに適しているらしい。

なので、俺にとっては初めての天海家訪問にもなっている。

「海、ちなみに天海さんの家の人には、俺が来ることって……」

『うん。一応、絵里《えり》おばさんには夕から伝えてるみたい。多分、私と同じで、夕が初めて家に連れてくる男の子になるわけだけど……まあ、ウチの人に較べれば、絵里おばさんは聖母みたいな人だから安心し──え？　母さん部屋に入ってくる時はノック……あ、いや、あの、違うんです。さっきのはなんというか、こう、言葉の綾《あや》といいますか……』

余計なことを口走って空さんに怒られるであろう海の自業自得はともかく。

絵里さんとは、天海さんの母親の名前だ。ひと昔前にモデルとして地方のテレビ番組などに出演していたそうで、割と有名な人だったそうだ。

海曰《いわ》くとても優しい人らしいけれど、一応、今日は失礼のないようにしておかねば。

『あ、もしもし、真樹くん？　空ですけど、今日はウチのじゃじゃ馬のこと、よろしくお願いするわね？　一応、今からきっちりと言って聞かせておくけど』

「……あの、海は照れ隠しであんなふうに言ってますけど、空さんもとても素敵で優しいお母さんだと思いますよ。その、少なくとも俺にとってはですけど」

『あら、ありがとう。お世辞なのはわかってるけど、そうやってちゃんと言ってくれるのは真樹くんだけだから、おばさんとっても嬉《うれ》しいわ。海も陸も、もうちょっと優しい言葉を掛けてくれればいいのに……ねえ？　海ちゃん？』

『いっ……ひぃ……』

真樹助けて、という海の声が遠くから聞こえてきたが、物理的にどうしようもないので、電話口の空さんへ頑張って海のフォローをしてから、俺は静かに通話を切る。

とりあえず、この後海に会ったら真っ先に慰めてあげよう。

その後、昼前に朝凪家に立ち寄り、たっぷりと海の愚痴を聞いてあげてから、俺は海と一緒に天海さんの待つ自宅へと向かうことに。

本日、天海さんの家に集まるのは、家主である天海さんを除いて四人。

まず主賓の海と、その付き添い的なポジションの俺、あとは新田さんと、それから小学校時代からの友達である二取《にとり》さんと北条《ほうじょう》さん。クリスマスパーティ以降、海からは二人との近況について特に聞くことはしなかったものの、この様子だと、今のところは上手くやっているらしい。

まあ、それはいいとして、問題なのは今回の男女の比率だ。

男子一に対して女子五（しかも加えて天海さんのお母さん）――俺や海の交友関係から考えるとそうならざるを得ないのは仕方がないのだが、隣に海がいるとはいえ、何を話したらいいのかわからない。

一応、俺唯一の男友達である望に予定を聞いてみたが、この日はちょうど練習試合で他県に遠征しなければならないということで、途中参加も出来ず。結局、男性は俺一人。

今日の話をした時、望はものすごく悔しがっていた。今日の投球内容に悪い影響が出なければいいが……まあ、彼なら悔しさをバネに好投してくれると信じている。

「ね、真樹」

「ん？」

「プレゼントって、そのバッグの中？」

「うん。中身はあっちについてからね。……喜んでくれるかどうかはわからないけど、でも、一応自分なりに色々考えたから」

「ん。じゃあ、あともうちょっとだけ我慢だね」

そうして、俺と海はしっかりと指と指を絡ませ合って手を繋《つな》いで歩く。途中、海が何度も腕に抱き着いてきて歩きにくいことこの上なかったが、誕生日の今日ぐらいは自由にさせてあげよう。

幸せそうな海の顔を見るのも、嫌いではないし。

予定より早めに朝凪家を出て、目的地まで徒歩十分ほどの距離を、たっぷりと時間をかけて二人でゆっくり歩く。

時間をかけたはずなのだが、海と雑談しながら歩いているうち、あっという間に天海さんの自宅に着いてしまった。……なぜだろう。

海といる際の時の過ぎ方の早さはともかくとして、今は到着した天海さんの自宅の件だ。

「……あのさ、海」

「ん？」

「天海さんの家、結構大きい、ね……」

「そう？　確かにうちの１・５倍……いや、もうちょっとかな……くらいはあるけど、ギリ普通じゃない？　この前も少し話したけどさ」

天海家も朝凪家と同じくらいの規模で考えていたので、それまでの俺の想像と違った外観に驚いてしまった。

ぱっと見の印象になってしまうが、とりあえず、まず敷地が広い。建物のほうは朝凪家よりも多少大きい程度だが、玄関前の車庫や、庭などが広々としている。欧米の輸入住宅のような外観だ。

お金持ちの家……と言われると微妙だが、それでもそれなりにお金をかけたと思われる。

……なるほど、確かにこれはギリ普通かもしれない。

「——ワウッ、ワウッ！」

「ふへえっ⁉　い、犬……⁉」

しばらくの間、ぼーっと天海家の外観を見ていると、ふと、俺の側《そば》に大きな犬がいるのに気づいた。

犬種でいうとゴールデンレトリバーだろうか、いきなりのことで変な声が出てしまったが、嬉しそうに尻尾を振っているので、警戒されているわけではなさそうだ。

「お、ロッキーもこんにちは。アンタはいっつも元気だねえ」

そして名前はロッキーというらしい。往年の傑作映画の主人公のような名前だが、口を大きく開けて鼻息荒く尻尾を激しく振っている様は、どことなく間が抜けているような気も。

海にわしゃわしゃと頭を撫《な》でられ満足すると、今度は俺の方の匂いをすんすんと嗅いできた。

「えっと……撫でて欲しいのか？」

「ワンッ！」

「あうっ……！」

また驚いてしまったが、激しく吠《ほ》えたり噛《か》んだりはしてこないし、言いようのない威圧感はともかく、人懐っこい犬なのはすぐわかる。

……わかるのだが。

「う、海……俺、あの……」

「？　真樹、どうしたの。全身ガチガチに固まってるけど」

「いや、俺、犬がちょっと、いや、大分苦手っていうか……」

「そうなの？　こんなに可愛《かわい》いのに……ねえロッキー」

「ワンッ」

「あうっ」

毛並みも良くふわふわした尻尾に、愛らしいつぶらな瞳。人によってはものすごく好かれるだろうが、それでも苦手なものは苦手だ。

理由としてはわりと単純で、俺がまだ三歳か四歳の頃、母方の祖父母の家に遊びに行った時、めちゃくちゃでかい犬に追っかけ回された挙句転んで怪我《けが》をしたのがちょっとしたトラウマになっているからだ。

犬が苦手……といっても、チワワやパグなど、小型犬に分類されるものならまだ平気だが、そこから中、大型とサイズが大きくなる程、当時の記憶が思い出されて怖くなってしまう。

まだ玄関にすら足を踏み入れていないのに、早くも天海さんの家に苦手意識を持ちつつある俺だった。

「──あ！　もう、ロッキーったらダメだよ。初めてのお客さんもいるのに飛びかかっちゃ……ごめんね、真樹君。うちの犬、人懐っこいんだけど、人のこと大好きなせいで加減を知らないっていうか」

「いや、大丈夫。気にしないで。それより、今日はお邪魔します」

「夕、今日はわざわざありがと。お邪魔します」

「うん！　いらっしゃい二人とも。ちょうど他の皆も来たところだし、準備も出来たから上がって上がって」

いつもの明るい笑顔で出迎えてくれた天海さんの案内で、俺は主役の海とともに彼女の自宅へ。

靴を脱いで玄関を上がると、ちょうどリビングから出てきた亜麻色の髪をした人が俺たちのことを出迎えてくれた。

「あら、新しいお客さんね。こんにちは」

おそらくこの人が絵里さんなのだろう。目元や鼻など、天海さんの顔にそっくりだ。当然、体型や、全身に纏《まと》う雰囲気なども含めて。

「こんにちは、絵里おばさん」

「いらっしゃい、海ちゃん。誕生日おめでとう。今日はいっぱい料理作ったから、遠慮せず沢山食べて、ゆっくりしていってね」

「はい、お邪魔します。でも、毎年こんなふうに場所お借りしちゃって、なんてお礼していいか……料理もわざわざ作ってくれて、他にも準備だって大変なのに」

「いいのよ。海ちゃんだって、私にとっては娘みたいなものだし。……もしかして、隣の男の子が例の？」

「はい。前原真樹といいます」

海が俺のことを紹介する前に進み出て、ぺこりと頭を下げる。朝凪家に初めて行ったときもそうだが、やはり緊張してしまう。

「どうもこんにちは。天海絵里です。夕から海ちゃんの話を聞くとき、最近は一緒にあなたの名前も出てきてたから、私もどんな男の子か気になってたの。共学校に通い始めて一年、ようやく夕も男の子に興味が出てきたのかな〜って」

「も、もうママ……！　その話は恥ずかしいからしないでって……」

「あら、いいじゃない。話通り、とっても優しそうな顔してる子だし」

そう言って、絵里さんが俺に近付き、頰《ほお》や腕、太ももなどを、さながらボディーチェックのような手つきでぺたぺたと触ってくる。

「ふんふん、なるほど〜……確かに、面倒見のいい海ちゃんが好きになりそうな顔してるかもな。ちょっと頼りない感じはあるけど、でも真っすぐで一途《いちず》そうで、潜在能力は……あ、でも、ちょ〜っと体のほうは全体的に鍛えたほうがよさそうな気は……うん、ファッションはまあまあね。これは海ちゃんの影響かしら」

「え、あの……」

「ちょっ、ママ……ご、ごめんね真樹君。この人、昔の仕事のクセが抜けなくて、海も初めての時はそうだったんだけど、新しく家に来た人をこんな風にチェックしたがる癖が……ママ、真樹君困ってるから、早く離れてあげなよ」

「っと、ごめんなさいね。おほほ」

天海さんの母親も、優しそうではあるが中々癖のあるお人だ。根がとても明るそうなので、こういう人が家の中にいると、きっと楽しいだろう。もちろん、今の天海さんのように、たまには煩わしく感じることもあるだろうが。

一通りチェックを受けたところで海と一緒にリビングのドアを開けると、

「「「おめでとうっ！」」」

パン、という乾いた音とともに、紙吹雪が俺たちの頭にぱらぱらと降り注いだ。

クラッカーを鳴らしたのは、リビングの扉のすぐ脇に陣取っていた新田さん、二取さん、北条さんの三人。

と、少し遅れて天海さんもポケットからクラッカーを取り出して鳴らした。

「海、お誕生日おめでとう。今年もちゃんと祝えて、本当に嬉《うれ》しい」

「夕……うん、私も、本当に嬉しい」

思い出すのは、去年の文化祭の時のいざこざである。もし一つでもボタンを掛け違えていたらこの集まりも実現しなかった可能性が高かったので、海と天海さんの二人にとっては、感慨深いものがあるだろう。

やさしく抱き合った二人の瞳には、うっすらと光るものがあった。

「あ、もう、二人ともずるい」

「私も、私たちも～」

「お、なになに？　何か知らんけど、私もとりあえず混ざるか」

そして、その様子を見ていた三人が次々と海と天海さんに飛びついて、五人で一つの大きな塊となる。

微笑《ほほえ》ましい光景だった。

「ちょっ……皆してくっつかないでよ……もう、しょうがないんだから……」

「あははっ、なんだかおしくらまんじゅうみた～い」

呆《あき》れて苦笑しつつ嬉しそうに白い歯を見せる海と、そして、輪の中心でひまわりのように明るい笑顔を浮かべている天海さん。

女の子ばかりの輪の中に入るわけにはいかないため、外から五人のことを眺めるしかないわけだが、こうして幸せそうな皆の様子を眺めるのは、まあ、悪い気分ではない。

「はいはい。さ、湿っぽいのはそこまで。みんな、料理と飲み物をテーブルに運んでちょうだい。お腹空《なかす》いたし、さっそく始めちゃいましょ」

パンパン、と絵里さんが手を叩《たた》くのを合図に、俺たちは協力して食器や大皿をリビングの大きなテーブルに運ぶことに。

絵里さんの分も含めて計七人分だが、用意された料理の量はそれ以上に多い気がする。どこで売っているのだろうと思うような巨大なピザや鶏《とり》の丸焼き、その他、四リットルサイズのボトルに入ったコーラや牛乳など、ちょっとした腕の筋トレになりそうなほどである。

「よし、準備出来たね。これ以上はテーブルに置ききれないから冷蔵庫のケーキはまた後で用意するとして……まずは先にプレゼントを渡しちゃいましょうか。はい、じゃあ先に私から。ちょっと安いやつで申し訳ないけど」

「うわあ、可愛い時計……おばさん……いつもありがとうございます」

「あ、ママったらズルい！　海、私からも！」

「はいはい……ってなにこれデカすぎなんだけど、ふかふかしてて抱き心地最高じゃん」

「へへん、でしょ～？　これめっちゃ良くてさ～、見た瞬間『プレゼントはこれしかない！』って思って」

「うん。いつもの夕のチョイスって感じ。ありがとね、夕」

「えへへ」

「じゃあ、次は私たちから。茉奈佳《まなか》、お願い」

「はいよ～」

こうして二人からのプレゼントを皮切りに、次々とみんながプレゼントを渡していく。新田さんは先日選んだアクセサリ、そして二取さんと北条さんの二人からは花束。

それぞれが、誕生日を迎える海のために選んだプレゼント。

多くのプレゼントを抱えて、海はとても幸せそうな笑顔を見せている。

「じゃあ海、俺からも……」

「あ、うん……」

そうしていよいよ最後に俺が渡す番となった瞬間、俺と海以外の全員が、俺の元からさーっと一斉に離れて。

「来たよ」

「うん」

「今日のメインディッシュ？」

「いいな〜」

そしてなぜか、一塊になって、俺たちのことを温かく見守るような視線を向けてきて。

「……なんで皆そんなに俺たちから距離をとるの？」

「え？　いや、ほら、これからガチな空気になるのに私たちが近くにいたらお邪魔かなって思って。ねえ、夕ちん？」

「うん。私たちが視界にいると二人が集中できないかもって。ねえ、ママ？」

「いや、私は単に面白そうだから乗っただけなんだけど……あの二人って、そんなにひどいの？」

「うん。そうなの。あの二人、スイッチ入るとすごいの」

「……いや、みんなと同じようにプレゼント渡すだけなんですけど……」

確かに、クリスマスやバレンタイン、直近ではホワイトデーと、カップルにまつわるイベント事においてついつい二人だけの世界に入り込みがちな俺と海ではあるが、付き合い始めの時ならともかく、今はもうそこから三か月経《た》っているから。お互いその辺の空気はキチンと読めるようになっている。

というか、初めて訪れた家で、しかも、二取さんや北条さんといったほぼ初対面の人達もいる中で、二人きりの時のようにするはずがないのだが。

「く……ふふっ」

「……海、どうしてそんなに笑ってるの」

「ん？　ん～ん、な～んでも」

海は海で、そんな俺の様子を見てクスクスと楽しそうに笑うばかりで。

とにかく、皆がいったい何を期待しているのかは知らないが、俺は俺できちんとやることをやってしまおう。

今日は海が主役の日で、海のことだけを考えていればいい。

「じゃあ……今度こそ、海」

「……うん」

「これ、俺からの誕生日プレゼント」

予《あらかじ》めバッグから取り出して準備していた小箱を両手でしっかりと持って、海の目の前へそれを差し出した。

「えと……おめでとう、海。あと、いつもありがとう」

「うん、こちらこそ。これ、開けてもいい？」

「……どうぞ」

添えられた手書きのメッセージカードにまずは視線を落とし、『ばか』と小さく呟《つぶや》いた海は、包装を破ったりしないよう、丁寧な手つきで包装のシールを綺麗《きれい》に剝《は》がしていく。

そうして、開けられた箱の中に入っていたのは、金属素材を加工して制作された青い花のアクセサリだった。

「すごい綺麗な青のグラデーション……これって、もしかして髪飾り？」

「……うん。パーティとかのドレスと合わせる時とかに使うといいやつだって、店員さんは言ってた」

つい先日、夕方になるまで悩んだ末に選んだもの。

それは、初めのうちに考えていた普段使いするようなものではなく、それとは真逆の用途の、一年に一回使うかどうかのものを海へのプレゼントとしたのだ。

新田さんのアクセサリのように普段の私服にも合わせやすいわけでもなく、天海さんのぬいぐるみのように部屋に置いて抱き枕のように使うこともできない。

下手したら、数年使うことなく机の中にしまわれておくタイプのもの。

しかし、最終的には、数ある候補の中で、俺は、店の片隅で近いうちに在庫処分される予定だったこれを海へ贈ることに決めた。

「その、プレゼントとしてはあまりいいチョイスじゃないのは、わかってる。でも、これをつけてる時の海を想像した時、すごく綺麗かもって……思ったから」

正月の時の振袖姿を見てずっと感じていたことだが、海には青がとても似合っていると思う。

光の具合で透き通ったり、時には底が見えないぐらい暗くなったり……そんな、時と場合で様々な表情を見せてくれる『海』のように。

「だから、その……とにかく、そんな感じだから」

「なるほど、そりゃ帰りの時間が夕方にもなっちゃうわけだ。……ねえ、これ、今つけてみてもいい？」

「それはもちろん……でも、今の服には全く合わないけど」

「そこは上手《うま》いこと脳内補完するの。真樹、そういうの得意でしょ？」

「まあ、そうだけど」

ひとまずクリスマスパーティの時の姿を想像して、海が髪飾りをつけてくれるのを待つ。

添付の説明書を見つつ、しっかりと髪飾りを自らの艶《つや》やかな黒髪に装着すると、海は姿勢を正して俺の方へ向き直った。

「えと……真樹、どう？」

「……うん。やっぱり思った通りだ」

想像していた以上に、青い花の髪飾りは海の黒髪にしっかりと馴染《なじ》んでいた。飾りがそれほど大きいものではないので存在感は控えめだが、海本人《うみ》の華やかさをしっかりと際立たせているように思える。

「き、綺麗……だよ。海」

皆の視線をひしひしと感じて、頬《ほお》がどんどんと熱を帯びていく。プレゼントをただ渡すだけと言いつつ、結局、またしても人前でバカップルをやらかしているような。

しかし、海が俺の素直な言葉を待っている以上、変に恥ずかしがってはぐらかすのだけはしたくないから。

「……へへ、ありがとう、真樹。これ、ずっと大切にするから」

「そっか。そう言ってくれると、俺も嬉しい、かな」

俺と同様、耳まで真っ赤にさせてはにかんでいる海を見て思う。

……やっぱり、俺の彼女は可愛《かわい》い。

「は〜……いやいや、確かにこれはすごいわ……夕、アナタったら、いつもこんなの隣で見せつけられてるの？　よく耐えられるわね〜、もし私が夕の立場だったら、とっくの昔にこの二人まとめてどこかの無人島までお送りしちゃってるわ」

「あはは……でも、それだけ二人の仲が良いって証拠だし。私も、幸せそうな海を見るのは嬉しいから」

「ねえみんな、委員長と朝凪のせいでこの部屋だけなんか暑くない？　冷房つけよっか？設定温度16度とかで」

「ま、まさかあの海ちゃんがここまで……」

「あらら。ふむ、これが俗にいう恋する乙女ってやつか～」

その後は料理やケーキを食べたりしてパーティを無難に乗り切ろうと決めた俺だったが、海以外の女性陣からの冷やかしやら質問攻めが止《や》むことはなく。

こういう集まりも楽しいは楽しいけれど、そろそろ限界も近いので早く終わってほしい。

「あのさ、海」

「なに？」

「それ……もうつけてなくてもいいけど」

「ん～ん。もう少しだけつけとく」

「そっか。それならまあ……別にそのままでもいいけど」

「うん。……ねえ、真樹」

「ん？」

「……これ、似合ってる？」

「……さっき言ったじゃん」

「もう一回聞きたいんだけど」

「ええ……いや、でもほら、みんな見てるし……」

「もっかい」

「うっ……」

気に入ってくれているのなら結構だが、相変わらず五人のニヤニヤと視線が。

いや、しかし、今日は海の誕生日だ。

だから、今日決めた通り、できるだけ甘えさせてあげようと思う。

「……に、似合ってるし、綺麗だと思う」

「ふふ……ありがと、真樹」

そう言って、海は俺の腕にぴったりとくっついてくる。

海がそこまで喜んでくれるのは俺としても嬉《うれ》しい限りだけれど、このままでは恥ずかしくて悶《もだ》え転びそうだ。

エピローグ1 新しい季節へ

天海《あまみ》家で行われた海の誕生日会を無事に乗り切った後、皆と別れた俺と海《うみ》の二人は、行きの時以上に時間をかけて、ゆっくりと朝凪《あさなぎ》家までの帰り道を歩いていた。

結局、その後パーティ中、海はずっと俺にくっついたまま過ごした。今まで友達のいなかった俺にとって初めての友達を交えたお祝い事はとても楽しかったけれど、それ以上に恥ずかしい思いもあって、ほとんどの時間、ずっと顔を赤くして過ごしていた気がする。

こういうのもたまにはいいけれど、次にこういう機会がある時は、ぜひ二人きりでやらせて欲しいところだ。

……みんなというストッパーがあってこのバカップルぶりなので、二人きりの時はしっかりとした自制心を持たないと、色々とマズいことになってしまいそうだが。

「真樹《まき》、今日は楽しかったね」

「うん。まあ、それと同じくらい恥ずかしかったけど」

「へへ、そうだったね。でも、これで皆も私たちのこと、仲良しカップルだって認識してくれたんじゃない？」

「すでにオーバーキルな気もするんですが」

海は独占欲が強くやきもち焼きな傾向があり、そういうところも海の可愛い一面だが、二取《にとり》さんや北条《ほうじょう》さんなど、俺たち二人のことを見るのが初めてな人たちにとっては、きっと驚いたに違いない。

天海さんや新田《にった》さんなど、いつものメンバーの前ではそれで平常運転だけれど、今日のような場所で、殊更に俺との仲をアピールする海は、ちょっと珍しい気もして。

「……海、俺は大丈夫だから」

「え？　な、なんのこと？」

「他の女の子には、靡《なび》いたりしないってこと。……俺が他の女の子と喋《しゃべ》ってる時、なんていうか、すごく不安そうな顔してたから」

「う……な、なぜそれを」

「まあ、なんとなくね」

今日はいつも以上に女の子に囲まれていたので、それなりに他の人たちとも話す機会は多かったが、その時にちらりと窺《うかが》った海の顔は、少しだけ不機嫌に見えた。

もちろん、今日はお祝いの主役で、しかも自宅以外でやってもらっているから、さすがに表向きには普通にしていたけれど、俺の袖を摑《つか》む力がちょっと強かったり、皆の注目が他の誰かに集中した時、ほんの一瞬だけ頬を膨らませたりしていたので、いつも海のことを見ている俺からすれば、それなりにはわかりやすかった。

「だって……不安、なんだもん」

「不安って、例えば俺が他の女の子のことを好きになっちゃうかもしれないって、そんな感じのこと？」

「……………ん」

俺が海以外の女の子に惹《ひ》かれることはないのだが、俺と同じで、真面目でついネガティブ思考に陥りがちな海だから、どうしても『もしも』を考えてしまうのだろう。

「ねえ真樹、もしかしたら気づいてないかもしれないけど、今の私を見て、何か変わったところあるって思わない？」

「え？　変わったところ……って、」

すぐ隣にいる海のことを見る。

これまでと特に変わらない、真面目で澄んだ瞳に、さらさらの黒髪と、しみ一つない綺麗な白い肌をした、誰よりも大好きで大切な女の子。

今日は誕生日ということで、少し寒いがおろしたての春物のアウターと、薄手の生地を使った膝丈のスカート。髪も毛先を整えていて、二人で出かける時によく使っている香水も少しつけている。

それについては今日の朝、朝凪家に訪れた時点で気付いたし、海からもきちんと正解をもらっていたのだが。

「ふむ、こうしてくっついているとやっぱりわかりにくいか……じゃあ、これならどう？」

そう言って、海は俺から手を放して、俺の少し前でまっすぐ立って見せる。

何気にこうして見るのは久しぶりの、海の立ち姿——以前のスレンダーな体型からほんのわずかふっくらした気はするが、相変わらずのスタイルをしている。

「……あれ？」

「真樹、ようやく気付いた？」

「ああ、うん。もしかしたら気のせいかもって思ったんだけど」

今の海と、恋人になった当初の海……相変わらず綺麗《きれい》で可愛いことはおいておくとして、一つだけ、俺の目から見て、確かに違うことがある。

「海……もしかして俺、ちょっと身長伸びてる？」

「……うん、正解。まあ、私もなんとなく気づいたのは、真樹がバイトを始めた時ぐらいからなんだけど」

以前までの記憶と照らし合わせて、一センチか二センチほど、海の身長が小さくなったように感じる——当然、年齢的に海の身長が縮むことはありえないので、ということは、俺の身長が伸びていることになる。

最近の俺と海はいつもお互いにべったりで、そこまで客観的に彼女のことを見ていなかったので気付きにくかったが、改めて考えると、確かに成長している。

「真樹って自分のことには割と無頓着だから気付いてないかもしれないけど、思っている以上に真樹は格好良くなってるんだよ？　教室でもオドオドしなくなったし、勉強の成績も伸びて、関《せき》と一緒にトレーニングしたり、アルバイトを始めてから髪型も野暮《やぼ》ったさが抜けて……実はクラスでも『最近変わった』って話題になってる。夕《ゆう》と新奈《にな》も、よく褒めてるし」

「そっか。そう、だったんだ」

その期間中、俺の頭の中にあったのは『海が大好き』ばかりで、身長はあくまで副産物であっても、海が挙げてくれたものは、すべて大好きな彼女のためにやっていたことだ。俺がだらしないせいで海のことがバカにされてしまったり、そのことで海に余計な気を遣わせたくないという一心だった。

だが、俺の意識が海ばかりに向いて周りを一切見ていなくても、その周囲では、天海さんや新田さんなど、俺のことをきちんと見てくれて、今までの見方を覆し、再評価してくれる人が増えてきているらしく。

「今日も真樹が紗那絵《さなえ》とか茉奈佳《まなか》と普通に話してるのを見てたら、なんとなく怖くなっちゃったの。今までは私だけの真樹だったはずなのに、真樹が私のために努力していくうちに、他の女の子にも『前原真樹《まえはら》』っていう素敵な男の子がいるってことに気づかれ始めて……もしかしたら、また昔の時みたいに、気付いたら一人になっちゃうんじゃないかって」

「天海さんの時みたいに……ってこと？」

「……うん。あはは、まったく、何勝手なこと考えてるんだろうね、私。真樹はそんなことするような男の子じゃないって信じてるのに、まだ昔の嫌な記憶引きずって」

力なく笑う海に、先程までの明るさはない。

自分がそうなるよう望んだはずなのに、気付いたときには、自分がもっとも恐れていたことが起こっている……海は俺と似て、考えすぎるとネガティブな思考に寄りがちだから、つい中学時代の思い出がよぎってしまったのだろう。

両親の不仲と離婚を経験した俺もそうだが、こういった精神的な傷は、ちょっと物事にケリがついただけで簡単に消えるものではない。もっと時間をかけて、それでようやくなんとかなるかどうか、という話なのだ。

なので、俺がいくら『大丈夫』だと言っても、海が『大丈夫』と思っていなければ、俺の励ましなんて一時の精神安定剤ぐらいにしかならない。

しかし、もしそうだとしても、俺はそんな海のことを放っておくことなんて、もうできないから。

「海、ちょっと寄り道しない？　行ってみたいところがあるんだけど」

「別にいいけど……この近くに何かあったっけ？」

「そんな大層なものじゃないんだけど……いつもは遠くで眺めてるだけだから、たまには近くまで行ってみたいかなって」

「？　真樹がそこまで言うなら……」

首を傾《かし》げる海を連れて帰り道からそれた俺は、住宅街の細い道を歩いて、とある場所へ。

「……よかった。少し散ってるけど、まだ半分くらいは咲いてる」

「ここって――」

道を突っ切り、開けたところに出た瞬間、目の前に広がっていたのは河川敷だった。昨日までは天気が悪かったこともあり、川の流れが若干早かったものの、一日経《た》って落ち着いたのか、川の水も比較的澄んで、穏やかに流れている。

そして、そこから少し離れた場所に植えられている桜並木……今回の俺の目的はこちらだった。

「去年はマンションの窓からぼーっと眺めてただけだったんだけど、たまには近くで見てみようと思って。木の数もそんなに多くないから、人も少ないし」

犬の散歩やランニングをしている人はちらほらといるが、花見をしているような人はいない。人目もないので、ここならゆっくりと過ごせるはずだ。

「確かに綺麗だし、このまま帰っちゃうのは私もちょっと物足りなかったから別にいいいんだけど、どうしてここに？」

「特にこれといった理由はない……けど、改めて海に感謝の気持ちを伝えるのはここがいいかなって何となく思って。……あっちにベンチあるし、座ろっか」

「う、うん……」

桜並木の側《そば》に申し訳程度に置かれているベンチに、二人並んで座る。

お花見、と言うには大袈裟《おおげさ》だけれど、新しい季節の訪れを感じるには十分だと思う。

「……俺さ、昔は春ってあんまり好きじゃなかったんだ。日中は過ごしやすいし、桜とか、こういう穏やかな景色は嫌いじゃないんだけど」

「そうだったんだ。もしかして、自己紹介とかが原因だったり？」

「うん。恥ずかしながら。俺にとっては出会いも別れもないのに、ただ自分一人で恥を晒《さら》してるような気がして。総合的に考えると、一番憂鬱な時期だったかもしれない」

父さんの転勤が毎回仕事の年度末だったこともあって、そのたびに、俺はよそ者の顔をして、知っている人が誰もいない状況で過ごしていた。

その時は、親の仕事の都合だから仕方がないことなのだと思っていたけれど、元々内気な性格もあって、周りに頼れる人が誰もいない学生生活は、なかなか辛《つら》かったものがある。

そして、一年が過ぎ、また同じように春が訪れようとしているわけだが。

「でも、今年はどちらかと言うと楽しみにしてるんだ。もちろん、去年と同じようになるかもって不安もあるけど」

「それはその……私がいるから、とか？」

「うん。もちろん、一緒のクラスになれる保証はないし、他の皆とも離れ離れになる可能性もあるから、クラスでは孤立するかもしれない」

それでも、昔と違って一人ぼっちというわけではない。

何かあれば相談に乗ってくれる仲間がいて、寂しいと思った時には側に寄り添ってくれる恋人がいる。

何があっても、俺は一人じゃない――そう思えるからこそ、少しずつではあるが不安に立ち向かうことができる勇気が湧いてくる。

「……海、改めて、俺と友だちになってくれて、好きになってくれて、恋人になってくれてありがとう。俺がこうして少しずつでも成長していられるのは、海のおかげだ」

目線が上がり、背筋が伸びるにつれて身長が再び伸び始めたのも、今まで灰色だった景色が色づいてきたのも、全て。

「……だから、海。もし少しでも不安なことがあれば、いつでも俺に言って欲しい。俺に悪いとか、そんなこと遠慮しなくていいから」

「いいの？　正直に言っても、真樹、私のこと嫌ったりしない？　自分でもびっくりしちゃったけど、私、結構重い女の子だよ？　すぐやきもち焼いちゃうし、構ってちゃんだし」

「いいよ。重いってことはそれだけ俺のことが好きだって証拠でもあるし。……もちろん、ただ言いなりになるんじゃなくて、自分の考えもちゃんと言わせてもらうけどさ」

「……じゃあ、こういうことも？」

そう言って、海はスマホをポチポチと操作して、俺の方にメッセージをよこしてくる。


『（朝凪）これ以上格好良くならないで。私だけの真樹でいて』

『（朝凪）アルバイトなんてしなくていいから、その分私と一緒にいて』

『（朝凪）中田《なかた》さんとも仲良くしてほしくない』


そこまで確認して海のほうを見ると、海は頬《ほお》を赤らめて俯《うつむ》き、俺から顔を逸《そ》らす。

ここだけ見ると重いし、俺のことを束縛したいように見えるが、海はそれが良くないことがわかっているから、決して口に出したりしないし、強制しようともしていない。

顔を背けつつも、ちらちらと俺のほうを見る海のことが、今の俺にはとてもいじらしく可愛《かわい》く思えて。

「海、おいで」

「……ん」

俺が手を広げると、海は若干躊躇《ちゅうちょ》しつつも、俺の懐に飛び込んできて顔を埋《うず》めてくる。

「誰が何と言おうと、真樹は私のものだもん……優しい所も、ちょっと情けない所も、全部全部私だけの真樹だもん……」

「うん。これからもずっと、俺は海のものだ」

海が俺にやってくれたのと同じように、俺も海の我儘《わがまま》を受け止める。

これが一時的な慰めにしかならなくても、何かあった時には『俺《真樹》』がいて、『海《私》』がいるという安心があれば、いつかは痛まない傷痕になってくれると信じて。

そこからしばらく、周囲の景色などそっちのけで、俺は海の柔らかくさらさらとした黒髪を撫《な》で続ける。時折、すれ違う人の視線が俺たちのほうに向くのを感じるけれど、今は海のことで手一杯で、恥ずかしさを感じる暇もない。

天海さんや新田さん、望《のぞむ》といった『友達』もいい人たちで、もちろん大事ではあるけれど、もしどちらかを選べと言われれば、俺は間違いなく『恋人』である海一人だけを選ぶ。

「真樹の匂い、やっぱり落ち着く……今は他の女の子の匂いがいっぱいするから、ちょっとむかついちゃうけど」

「そんなもんなのかな……じゃあ、皆が引いちゃうぐらい、海の匂いをつけてくれていいよ。俺は別に気にしないし」

「優しいこと言ってくれるなあ……そんなこと言われると、私、どんどん取り返しのつかないことになっちゃう」

「取り返しがつかない……例えばどんな？」

「まず、ヤンデレになります」

「最初から絶対やめて欲しいやつきた」

少し気持ちが落ち着いて余裕が出てきたのか、時折冗談も出てくるようになってきた。

海のことだから、冗談のようなことにはならないと思うが……これからも大事にしてあげたい。

「……暗くなっちゃうし、そろそろ戻るか。あんまり遅いと空《そら》さんも心配するだろうし」

「うん。……慰めてくれてありがと、真樹。おかげですっかり安心しちゃった」

「そっか。なら、よかったけど」

「うん。よかった」

最後にもう少しだけいちゃついた後、ベンチから腰を上げた俺たちは、今度こそ朝凪家へと海を送り届けるべく帰り道を行く。

途中、すっかり機嫌の戻った海が甘えるように腕に抱き着いてきて、やっぱり歩きにくいことこの上なかったものの、その分だけゆっくり帰ることができるので、それはそれで好都合だったり。

「ねえ、真樹、もう一回だけ、やりたいことがあるんだけど、いい？」

「また？　まあ、海がやりたいんだからとことん付き合うけど……今度はどうすればいい？」

「さっきと同じで、普通に立ってて。後は私がやるから」

「？　了解」

そうして、先程と同じように、海が俺の少し前に出て向き直る。

俺の身長が伸びたことにより、わずかにお互いに角度がついた目線を絡ませあっていると、

「……真樹、ちょっと失礼するね」

「え？」


──ちゅっ。


次の瞬間、爪先立ちした海が、俺の額に柔らかい唇を押し当ててきて。

「……うん、身長が伸びたといっても、まだまだ私の希望には程遠いかな」

「なに？　どういうこと？」

「私と真樹、今の同じくらいの目線の高さも好きだけど、爪先立ちしてキスするぐらいの身長差も、多少は憧れがあるってこと」

「身長はさすがにそこまでは伸びないと思うけど……でも、その気持ちでこれからも頑張

ってみるよ」

「うん。頑張れ、真樹」

大好きな彼女にそこまで応援されてしまったら、俺としては引き続き頑張っていくしかない。

これからの目標もなんとなく決まったところで、俺たちはまた新しい季節へ、一歩踏み出していくのだ。

エピローグ２　まだ見ぬ初恋を夢見て

今日が誕生日だった親友と友達を招待しての、楽しい楽しいパーティを終えて、私とお母さんは残った料理や飲み物、飾りつけなどの片付けを始めた。

「へへ、今日は皆と一緒にワイワイ出来て楽しかったな。海《うみ》のお誕生日会は毎回楽しいけど、今年は真樹《まき》君も増えたから、一段と楽しかった気がする」

「そうね。ウチに来る初めての男の子だったからどうかなって思ったけど、礼儀正しいし、あの子ならいつ連れ込んでも平気だから」

「ふふ、もう、そんなことできないよ。真樹君はもう海の彼氏さんなんだから、あんまり勝手なことしたら、海に怒られちゃう」

「そうね～、海ちゃんって結構しっかり者なイメージあったから、まず恋人が出来たって夕《ゆう》から聞いた時点で相当驚いたけど、前原《まえはら》君の前であれだけデレデレしてるの見て、正直びっくりしちゃったわよ」

「ね。あんなに可愛くてやきもち焼きさんな海を見ることなんて今までなかったから、人を好きになるとこんなふうになっちゃうんだって、私も思った」

いつもは私やニナちのまとめ役で頼れるリーダー的存在の海だけれど、真樹君の前ではそれまで気を遣って我慢していたのだろう表情が見えてくる。

真樹君の席のすぐ後ろでいつも構ってちゃん攻撃をする海、自分のいないところで私やニナちが真樹君と仲良く話していると、あからさまに頬を膨らませてちょっと不機嫌になる海。

真樹君がそれを謝ると、すぐに機嫌を直して悪戯《いたずら》っぽくウザ絡みを再開し始めてベタベタに甘える海。用事で真樹君といられなくなると、途端にしゅんとする海……あげればきりがないぐらい、私の知らなかった海がそこにはいて。

正直に言うと、初めのうちは真樹君に嫉妬した。私の方がずっとずっと友達で親友だったのに、ほんの数か月であっという間に距離を縮めて、気付いたときには二人はもう恋人同士になって。

私に出来ることといえば、もうそんな二人のことを近くで温かく見守るだけだった。

……まあ、おかげで、からかって海の可愛いところを見るっていう、新しい楽しみを見《み》出《いだ》すこともできたのだけれど。

「……まあ、海ちゃんのことはいいとして、こうなってくると気になってくるのは、自分の娘のほうよね〜……ちらっ」

「え？　私？」

「当たり前じゃない。共学校に入って、海ちゃんに彼氏が出来たってことは、当然、あなたにもそういう気の置けない男の子がいる可能性もあるわけで。……で、実際そこんとこどうなの？　色んな男の子から声を掛けられてるのは聞いてるから知ってるけど、その中でいい人っていうのはいた？」

「え〜？　いないいない、そんな人。確かに皆からは格好《かっこ》いいって言われている人もいるし、デートとかに誘われたりもあったけど……ただ楽しく遊ぶならともかく、恋人っぽいことをしたいかって言われると、なんかいまいちピンと来なくて」

海が真樹君との交際を大っぴらにし始めたのをきっかけに、私のことを誘ってきたり、いきなり告白してきたりという人が多くなったような気がするけれど、失礼ながら、どの人にも恋愛的な感情？　というものは湧かなかった。

クラスメイトか、先輩か、他校の人か……知っている知らないに関わらず、たとえ告白されても、

『困ったな』

という感情がいつも最初だった。

大体の人が『友達から』と、そう言ってくる。けれど、その目は明らかに『友達』ではないものを私に求めてくるように感じるから、それが怖くなってしまうのだ。

私はただ、日々を笑って楽しく過ごせれば、今はそれで十分なのに。

「そっか。女子校生活が長かったから、急に彼氏や恋人だなんて言われても、なかなか難しいわよね。でも、夕は割と直感で人を選ぶタイプだったりするから、もしかしたら明日にでも『その日』が訪れるかもだけど」

「そうかな～？　私だって少しは考えてるから、そんなすぐには来ないと思うけど……そもそも、どんな男の子がタイプかも、自分ではまだよくわかってないし」

女の子どうしでは定番の話題だけど、その質問に私は明確に答えることができていない。人気のある運動部の先輩、テレビや雑誌、ＳＮＳでよく見るアイドル・俳優さん。格好いいとは思うし、何かに頑張っている姿勢は素敵だとも思う。

でも、それはあくまで『すごい！』という称賛や尊敬の感情で、恋愛とはまた違う。

私はまだ、明確に『恋』という感情を体験したことがないのだと思う。一言会話を交わしただけで嬉《うれ》しくて、ちょっとでも触れ合おうものなら一日ずっと心が弾んで……海やニナちからしか聞いたことはないけれど、きっとそういうのが、私にとっての『恋』という感情なのだろう。

「ねえ、お母さん」

「なに？」

「その……私にも、できるかな？　海みたいに、自分の全然知らない顔が出てきちゃうような、そんな男の子が」

「そんなの、決まってるじゃない。あなたは私とお父さんがいっぱい愛し合って出来た子供なんだから、きっと大丈夫よ」

「そっか。へへ、そうだよね。……なら、よかったけど」

幸い、私はもうすぐ高校二年生になる。

多分、海とは違うクラスになっちゃうだろうし、もしかしたら他の皆とも離れ離れになっちゃうかもだけど。

でも、その分だけ新しい出会いがきっと待っている。新しいクラスメイト、そして、新しく入学してくるまだ見ぬ後輩たち。

いい事ばかりではないだろうけど、それでも私は数日後の始業式が楽しみだ。

——どんな人を、これから私は好きになるのだろう。

——いい人だったら、いいな。

まだ見ぬ初恋の訪れを夢見て、私、天海《あまみ》夕の新しい季節が始まろうとしていた。

あとがき

まずは3巻をご購入いただき、ありがとうございます。

皆様の応援の声もあり、こうして順調に巻数を重ねることができております。また、Webでの連載がスタートしたコミカライズ版も好評で、それをきっかけにこちらの書籍にもご興味をもっていただいているようで、作者としても嬉《うれ》しい限りです。今後とも変わらぬ応援をよろしくお願いいたします。


2巻発売からおよそ5か月ぶりの新刊ですが、ほぼ書下ろしとなった3巻の原稿を進めつつ、久しぶりに故郷へ帰省しておりました。ツイッターの個人アカウントのアイコンにも使用している実家の黒パグ（オス）に会うのを楽しみにしておりましたが、実は去年帰省した際に頸椎《けいつい》ヘルニアを患っており、その影響で後ろ脚がほとんど動かず、前脚のみで這《は》うようにして歩いていたのです。

家族の一員として迎え入れてから十数年、老齢もあって、症状の改善は中々厳しいか……そう思っていたのですが、久しぶりに再会した彼は、さすがに以前のようにはいかずとも、自分の脚で元気に立って迎えてくれました。

今も別の薬を服用しつつの生活ではありますが、子犬の頃からの食い意地は相変わらずで、自分の分をあっという間に食べきるなり、同じく食事中の私や家族の側《そば》をうろうろしておこぼれに与《あずか》ろうとする姿は昔と同じで、ついおかしくなってしまったのを、今でもたまに思い出し、そのたびに元気をもらっています。

未《いま》だに終息する気配のないコロナウイルスの影響で、中々気の滅入《めい》る日々が続くところではありますが、これからも自分なりに頑張っていければと思います。

さて、私の近況はこのぐらいにしておいて、月並みではありますが、今巻の発売にあたり、お世話になった方へのお礼を。

2巻から新たにイラストを担当していただいております日向《ひゅうが》あずり先生、およびスニーカー文庫編集部、担当編集様。そしてコミカライズでは尾野凛《おのりん》先生とアライブ編集部の皆様と、本当に多くの方のご協力のおかげで、『クラスで2番目』のシリーズは成り立っております。引き続きよろしくお願いいたします。

最後に読者の皆様、今年もまた寒い時期となりましたが、心と体の健康に十分ご留意のうえ、良い年末年始をお過ごしください。

クラスで2番目《ばんめ》に可愛《かわい》い女《おんな》の子《こ》と友《とも》だちになった3

著　たかた

角川スニーカー文庫　23483

2023年1月1日　初版発行
2023年11月25日　10版発行

発行者　山下直久

発　行　株式会社KADOKAWA
〒102-8177 東京都千代田区富士見2-13-3
電話　0570-002-301（ナビダイヤル）

印刷所　株式会社KADOKAWA
製本所　株式会社KADOKAWA

◆◇◇

●お問い合わせ
https://www.kadokawa.co.jp/（「お問い合わせ」へお進みください）
※内容によっては、お答えできない場合があります。
※サポートは日本国内のみとさせていただきます。
※Japanese text only

Printed in Japan　ISBN 978-4-04-113287-6　C0193

★ご意見、ご感想をお送りください★
〒102-8177 東京都千代田区富士見2-13-3
株式会社KADOKAWA　角川スニーカー文庫編集部気付
「たかた」先生
「日向あずり」先生

角川文庫発刊に際して

角　川　源　義

第二次世界大戦の敗北は、軍事力の敗北であった以上に、私たちの若い文化力の敗退であった。私たちの文化が戦争に対して如何に無力であり、単なるあだ花に過ぎなかったかを、私たちは身を以て体験し痛感した。西洋近代文化の摂取にとって、明治以後八十年の歳月は決して短かすぎたとは言えない。にもかかわらず、近代文化の伝統を確立し、自由な批判と柔軟な良識に富む文化層として自らを形成することに私たちは失敗して来た。そしてこれは、各層への文化の普及滲透を任務とする出版人の責任でもあった。

一九四五年以来、私たちは再び振出しに戻り、第一歩から踏み出すことを余儀なくされた。これは大きな不幸ではあるが、反面、これまでの混沌・未熟・歪曲の中にあった我が国の文化に秩序と確たる基礎を齎らすためには絶好の機会でもある。角川書店は、このような祖国の文化的危機にあたり、微力をも顧みず再建の礎石たるべき抱負と決意とをもって出発したが、ここに創立以来の念願を果すべく角川文庫を発刊する。これまで刊行されたあらゆる全集叢書文庫類の長所と短所とを検討し、古今東西の不朽の典籍を、良心的編集のもとに、廉価に、そして書架にふさわしい美本として、多くのひとびとに提供しようとする。しかし私たちは徒らに百科全書的な知識のジレッタントを作ることを目的とせず、あくまで祖国の文化に秩序と再建への道を示し、この文庫を角川書店の栄ある事業として、今後永久に継続発展せしめ、学芸と教養との殿堂として大成せんことを期したい。多くの読書子の愛情ある忠言と支持とによって、この希望と抱負とを完遂せしめられんことを願う。

一九四九年五月三日

カノジョに浮気されていた俺が、
小悪魔な後輩に
懐《なつ》かれています
My coquettish junior attaches herself to me!
御宮ゆう
イラスト えーる
からかわないと、
照れくさいから。
ちょっぴり 大人の青春ラブコメディ!
特設ページはコチラ!
しがない大学生である俺の家に、一個下の後輩・志乃原真由が遊びにくるようになった。大学でもなにかと俺に絡んでは、結局家まで押しかけて――普段はからかうのに、二人きりのとき見せるその顔は、ずるいだろ。
第4回
カクヨム
web小説コンテスト
《特別賞》
ラブコメ部門
スニーカー文庫